收錄韓國人生活中最常說的話

道地 + MP3 生活

附40音發音表

雅典文化

想和韓國人輕鬆聊天?

KOREAN 最道地生活韓語

한국사람의 일상 한국어

韓文字是由基本母音、基本子音、複合母音、氣音和硬音所構成。

其組合方式有以下幾種：

1.子音加母音，例如：저(我)
2.子音加母音加子音，例如：밤（夜晚）
3.子音加複合母音，例如：위（上）
4.子音加複合母音加子音，例如：관（官）
5.一個子音加母音加兩個子音，如：값（價錢）

簡易拼音使用方式：

1. 為了讓讀者更容易學習發音，本書特別使用「簡易拼音」來取代一般的羅馬拼音。
   規則如下，
   例如：
   그러면 우리 집에서 저녁을 먹자.
   geu.reo.myeon/u.ri/ji.be.seo/jeo.nyeo.geul/meok.jja
   ----------普遍拼音
   geu.ro*.myo*n/u.ri/ji.be.so*/jo*.nyo*.geul/mo*k.jja
   ------------簡易拼音
   那麼，我們在家裡吃晚餐吧！

   文字之間的空格以「/」做區隔。
   不同的句子之間以「//」做區隔。

基本母音：

track 002

	韓國拼音	簡易拼音	注音符號
ㅏ	a	a	ㄚ
ㅑ	ya	ya	ㄧㄚ
ㅓ	eo	o*	ㄛ
ㅕ	yeo	yo*	ㄧㄛ
ㅗ	o	o	ㄡ
ㅛ	yo	yo	ㄧㄡ
ㅜ	u	u	ㄨ
ㅠ	yu	yu	ㄧㄨ
ㅡ	eu	eu	(ㄜ)
ㅣ	i	i	ㄧ

特別提示：

1. 韓語母音「ㅡ」的發音和「ㄜ」發音有差異，但嘴型要拉開，牙齒快要咬住的狀態，才發得準。
2. 韓語母音「ㅓ」的嘴型比「ㅗ」還要大，整個嘴巴要張開成「大O」的形狀，
「ㅗ」的嘴型則較小，整個嘴巴縮小到只有「小o」的嘴型，類似注音「ㄡ」。
3. 韓語母音「ㅕ」的嘴型比「ㅛ」還要大，整個嘴巴要張開成「大O」的形狀，
類似注音「ㄧㄛ」，「ㅛ」的嘴型則較小，整個嘴巴縮小到只有「小o」的嘴型，類似注音「ㄧㄡ」。

基本子音：

	韓國拼音	簡易拼音	注音符號
ㄱ	g,k	k	ㄎ
ㄴ	n	n	ㄋ
ㄷ	d,t	d,t	ㄊ
ㄹ	r,l	l	ㄌ
ㅁ	m	m	ㄇ
ㅂ	b,p	p	ㄆ
ㅅ	s	s	ㄙ,(ㄒ)
ㅇ	ng	ng	不發音
ㅈ	j	j	ㄗ
ㅊ	ch	ch	ㄘ

特別提示：

1. 韓語子音「ㅅ」有時讀作「ㄙ」的音，有時則讀作「ㄒ」的音。「ㄒ」音是跟母音「ㅣ」搭在一塊時，才會出現。
2. 韓語子音「ㅇ」放在前面或上面不發音；放在下面則讀作「ng」的音，像是用鼻音發「嗯」的音。
3. 韓語子音「ㅈ」的發音和注音「ㄗ」類似，但是發音的時候更輕，氣更弱一些。

track 004

氣音：

	韓國拼音	簡易拼音	注音符號
ㅋ	k	k	ㄎ
ㅌ	t	t	ㄊ
ㅍ	p	p	ㄆ
ㅎ	h	h	ㄏ

特別提示:

1. 韓語子音「ㅋ」比「ㄱ」的較重，有用到喉頭的音，音調類似國語的四聲。
   ㅋ＝ㄱ＋ㅎ
2. 韓語子音「ㅌ」比「ㄷ」的較重，有用到喉頭的音，音調類似國語的四聲。
   ㅌ＝ㄷ＋ㅎ
3. 韓語子音「ㅍ」比「ㅂ」的較重，有用到喉頭的音，音調類似國語的四聲。
   ㅍ＝ㅂ＋ㅎ

複合母音：

track 005

	韓國拼音	簡易拼音	注音符號
ㅐ	ae	e*	ㄝ
ㅒ	yae	ye*	ㄧㄝ
ㅔ	e	e	ㄟ
ㅖ	ye	ye	ㄧㄟ
ㅘ	wa	wa	ㄨㄚ
ㅙ	wae	we*	ㄨㄝ
ㅚ	oe	we	ㄨㄟ
ㅞ	we	we	ㄨㄟ
ㅝ	wo	wo	ㄨㄛ
ㅟ	wi	wi	ㄨㄧ
ㅢ	ui	ui	ㄜㄧ

特別提示：

1. 韓語母音「ㅐ」比「ㅔ」的嘴型大，舌頭的位置比較下面，發音類似「ae」；「ㅔ」的嘴型較小，舌頭的位置在中間，發音類似「e」。不過一般韓國人讀這兩個發音都很像。
2 .韓語母音「ㅒ」比「ㅖ」的嘴型大，舌頭的位置比較下面，發音類似「yae」；「ㅖ」的嘴型較小，舌頭的位置在中間，發音類似「ye」。不過很多韓國人讀這兩個發音都很像。
3. 韓語母音「ㅚ」和「ㅞ」比「ㅙ」的嘴型小些，「ㅙ」的嘴型是圓的；「ㅚ」、「ㅞ」則是一樣的發音。不過很多韓國人讀這三個發音都很像，都是發類似「we」的音。

硬音：

	韓國拼音	簡易拼音	注音符號
ㄲ	kk	g	ㄍ
ㄸ	tt	d	ㄉ
ㅃ	pp	b	ㄅ
ㅆ	ss	ss	ㄙ
ㅉ	jj	jj	ㄗ

特別提示：

1. 韓語子音「ㅆ」比「ㅅ」用喉嚨發重音，音調類似國語的四聲。
2. 韓語子音「ㅉ」比「ㅈ」用喉嚨發重音，音調類似國語的四聲。

*表示嘴型比較大

第一篇 問候

第二篇 生活起居

第三篇 約會聚餐

第四篇 運動休閒

第五篇 學校生活

第六篇 上班族

第七篇 逛街

第八篇 生活常用語

第九篇 常用句型

第十篇 補充單字

KOREAN

第一篇

問候

안녕하세요！

an.nyo*ng.ha.se.yo

你好！

track 007

說明

遇見認識的人，互相打招呼，或者與初次見面的人打招呼，最常用的就是這一句。

相關

안녕！

an.nyo*ng

你好！／再見！（只適用於熟識的朋友）

안녕하십니까？

an.nyo*.ha.sim.ni.ga

您好嗎？（適用於較正式的場合）

반갑습니다！

ban.gap.sseum.ni.da

很高興見到你！

會話

A：안녕하세요！

an.nyo*ng.ha.se.yo

你好！

B：오,지은씨,안녕하세요！

o//ji.eun.ssi//an.nyo*ng.ha.se.yo

喔，智恩，你好！

잘 지냈어요?

jal/ji.ne*.sso*.yo

過得好嗎？

track 008

說明

一陣子沒有見面的朋友，再次見面時可以如此關心他「잘 지냈어요？」詢問對方在沒有見面的這段期間是否過得好。

相關

잘 있어요?
jal/ri.sso*.yo
過得好嗎？

會話

A：요즘 잘 지냈어요?
yo.jeum/jal/ji.ne*.sso*.yo
最近過得好嗎？

B：네, 잘 지냈어요. 민호씨는요?
ne//jal/ji.ne*.sso*.yo//min.ho.ssi.neun.yo
嗯，我過得很好。敏浩你呢？

A：그저 그래요.
keu.jo*.keu.le*.yo
還好。

B：왜요? 무슨 일이 있었어요?
we*.yo//mu.seun/i.ri/i*.sso*.sso*.yo
為什麼？發生什麼事嗎？

좋은 아침 이에요.

jo.eun/a.chim/i.e.yo

早安。

track 009

說明

其實韓國人打招呼時，不論何時遇到都可以說안녕하세요！（你好）沒有分時段。

那麼在早中晚不同時間裡遇見時，還有那些常見的問候語呢？

相關

안녕히 주무셨어요？

an.nyo*ng.hi/ju.mu.syo*.sso*.yo

昨晚睡得好嗎？

아침 드셨어요？

a.chim/deu.syo*.sso*.yo

吃過早餐了嗎？

會話

A：어제 잘잤어요？

o*.je/jal.ja.sso*yo

昨晚睡得好嗎？

B：아니요. 잘 못 잤어요. 거의 못잤어요.

a.ni.yo//jal.mot.ja.sso*yo//go*.ui/mot.ja.sso*.yo

不好。我睡得不好。幾乎沒睡。

안녕히 주무세요.

an.nyo*ng.hi/ju.mu.se.yo

晚安。

track 010

說明

안녕是安寧的意思。히是副詞「地」的意思。세요結尾的句子有請對方這麼做的意思。所以整句就是「請安寧地睡覺」的意思。

相關

잘자요.
jal.ja.yo
晚安。

잘자!
jal.ja
晚安!

안녕히 가세요.
an.nyo*ng.hi/ga.se.yo
晚安。(晚上離別時)

會話

A:엄마, 안녕히 주무세요.
o*m.ma/an.nyo*ng.hi/ju.mu.se.yo
媽媽,晚安。

B:잘자!
jal.ja
晚安!

감사합니다.

gam.sa.ham.ni.da

感謝您。

track 011

說明

有沒有發現감사這兩個字的發音，跟台語的「感謝」發音很像呢？漸漸你會發現，韓語有蠻多和中文發音相似的字，也有一些和台語發音相似的字喔！

相關

고맙습니다.
go.map.sseum.ni.da
謝謝您。

고마워요.
go.ma.wo.yo
謝謝。

천만에요.
cho*n.ma.ne.yo
不客氣。

會話

A：도와주셔서 감사합니다.
do.wa.ju.syo*.so*/gam.sa.ham.ni.da
謝謝您幫助我。

B：아니에요.
a.ni.e.yo
不會。

미안해요.

mi.an.he*.yo

抱歉。

track 012

說明

「對不起」這句話，說得合時，可以化解一場誤會或爭執。當對方因為自己的錯誤而生氣時，這句最管用了。標題是比較口語的說法。

相關

미안합니다.
mi.an.ham.ni.da
抱歉。(比較正式)

죄송해요.
jwe.so*ng/he*.yo
對不起。(比較口語)

죄송합니다.
jwe.so*ng.ham.ni.da
對不起。(比較正式)

會話

A：기다리게 해서 죄송합니다.
gi.da.li.ge/he*.so*/jwe.so*ng.ham.ni.da
對不起讓您久等了。

B：괜찮아요.
gwe*n.cha.na.yo
沒關係。

저는 김윤아 입니다.

jo*.neun /kim.yun.a/im.ni.da

我是金允兒。

track 013

說明

與初次認識的人見面，要怎麼介紹自己的名字呢？韓文有幾種說法，在這裡將會介紹給大家。

相關

저는 김윤아예요.
jo*.neun/kim.yun.a/ye.yo
我是金允兒。

會話

A：제 이름은 김희철 이에요. 이름이 뭐예요？
je/i.reu.meun/kim.hee.chul/i.ye.yo//i.reu.mi/mwo.ye.yo
我的名字是金希澈。你的名字是什麼？

B：저는 김윤아 라고 합니다.
jo*.neun/kim.yun.a/ra.go/ham.ni.da
我的名字叫做金允兒。

A：처음 뵙겠습니다.
cho*.eum/bwep.ge*t.seum.ni.da
初次見面。

B：만나서 반갑습니다！
man.na.so*/ban.gap.sseum.ni.da
很高興見到你！

제 소개를 하겠습니다.

je/so.ge*.reul/ha.ge*t.seum.ni.da

我來做個自我介紹。

track 014

說明

剛認識別人，或者到一個新的環境時，免不了要自我介紹，來看看用韓語可以怎麼自我介紹吧。

相關

저는 최시원 입니다.
jo*.neun/chwe.si.won/im.ni.da
我是崔始源　。

한국 사람이에요.
han.guk/sa.ra.mi.e.yo
我是韓國人。

중국어를 배우고있습니다.
jung.gu.ko*.reul/be*.u.go.i*t.seum.ni.da
我正在學中文。

앞으로 친하게 지내요.
a.peu.ro/chin.ha.ge/ji.ne.yo
以後我們親近地相處吧。

잘 부탁드립니다.
jal/bu.tak.deu.rim.ni.da
請多多照顧。

고향이 어디예요?

go.hyang.i/o*di.ye.yo

你的故鄉在哪裡？

track 015

說明

想要知道對方是哪一國人，或者是從哪一個地方來的，可以這麼問「고향이 어디예요？」韓國人和台灣人一樣，若遇到同鄉的人，就會倍感親切。

相關

어느 나라에서 오셨어요?
o*neu/na.ra.e.so*/o.syo*.sso*.yo
您來自哪一個國家？

어디 출신이에요?
o*.di/chul.sin.i.e.yo
你是哪裡出身的？

會話

A：어디에서 왔어요?
o*.di.e.so*/wa*.sso*.yo
你是從哪裡來的？

B：저는 대만에서 왔어요. 고향이 어디예요?
jo*.neun/de*man/e.so*/wa*.sso*yo//go.hyang.i/o*di.ye.yo
我是從台灣來的。你的故鄉在哪裡？

A：충청남도 예요.
chung.cho*ng.nam.do/ye.yo
忠清南道。

몇 살이세요?

myo*t/sal.i.se.yo

請問你幾歲？

track 016

說明

韓國人一認識對方就會問年紀，依照年紀不同，講話用語和行為上互相對待的方式也會不同喔。如果是同年生的，就會互稱為「친구（朋友）」。

相關

나이가 어떻게 되세요?
na.i.ga/o*.do*.ke/dwe.se.yo
您今年貴庚？

몇 년생이세요?
myo*t/nyo*n.seng.i.se.yo
你是哪一年出生的？

會話

A：몇 살이에요?
myo*t/sa.ri.e.yo
你幾歲？

B：저는 스무살이에요. 당신은요?
jo*.neun/seu.mu.sa.ri.e.yo//dang.si.neun.yo
我二十歲。你呢？

A：저는 열여덟살이에요.
jo*.neun/yo*l.yo*.do*l.sa.ri.e.yo
我十八歲。

취미는 뭐 예요?

chwi.mi.neun/mwo/ye.yo

你的興趣是什麼？

track 017

說明

你的休閒興趣是什麼呢？有沒有發現취미的發音跟「趣味」很像呢？

相關

내 취미는 노래하는 거예요.
ne*/chwi.mi.neun/no.re*.ha.neun/go*.ye.yo
我的興趣是唱歌。

내 취미는 춤 이에요.
ne*.chwi.mi.neun/chum/i.e.yo
我的興趣是舞蹈。

축구를 좋아합니다.
chuk.gu.reul/jo.a.ham.ni.da
我喜歡足球。

會話

A：취미는 뭐 예요?
chwi.mi.neun/mwo/ye.yo
你的興趣是什麼？

B：내취미는 그림을 그리는 거예요.
ne*.chwi.mi.neun/geu.ri.meul/geu.ri.neun/go.ye.yo
我的興趣是畫畫。

어디에서 일하세요?

o*.di.e.so*/il.ha.se.yo

你在哪裡工作?

track 018

說明

想要知道別人是在做什麼工作時，可以這麼問。

會話

A：어디에서 일하세요?

o*.di.e.so*/il.ha.se.yo

你在哪裡工作?

B：서울에 선자회사에서 일하고있어요. 지은씨는요?

so*.ul.e/jo*n.ja.hwe.sa.e.so*/il.ha.go.i.sso*.yo//ji.eun.ssi.neun.yo

我在首爾的一家電子公司上班。智恩妳呢?

A：나는 학생이에요.

na.neun/hak.se*ng.i.e.yo

我是學生。

B：어느 학교 다녀요?

o*.neu/hak.gyo/da.nyo*.yo

妳上哪一個學校?

A：이대 요.

i.de/yo

梨大。(梨花女子大學的簡稱)

가족이 몇 명있어요?

ga.jo.gi/myo*t/ myo*ng.i.sso*.yo

你家有幾個人?

track 019

說明

가족(家族)指家人的意思。식구(食口)就是說在家裡一起吃飯的人數,也就是家人的意思。

相關

식구는 몇 명이니?
sik.gu.neun/myo*t/myo*ng.i.ni
你家幾口人?

會話

A:가족이 몇 명있어요?
ga.jo.gi/myo*t/ myo*ng.i.sso*.yo
你家有幾個人?

B:우리 가족은 모두 5명입니다.
u.li/ga.jo.geun/mo.du/da.so*t. myo*ng.im.ni.da
我們家有五個人。

A:누구누구 있어요?
nu.gu.nu.gu/i.sso*.yo
有哪些人?

B:아버지, 어머니, 언니, 남동생 그리고 나.
a.bo*.ji/o*.mo*.ni/o*n.ni/nam.dong.se*ng/geu.ri.go/na
爸爸、媽媽、姐姐、弟弟和我。

안녕히 가세요！

an.nyo*ng.hi/ga.se.yo

再見！

track 020

說明

안녕히加上가세요，是對要離開的人說的再見。而안녕히加上계세요，是對要留在原地的人說的再見。

相關

안녕히 계세요！
an.nyo*ng.hi/gye.se.yo
再見！

내일 봐요！
ne*.il/bwa.yo
明天見！

다음에 봐요！
da.eu.me/bwa.yo
下次見！

이따가 봐요！
i.da.ga/bwa.yo
待會兒見！

또 만나요！
do/man.na.yo
再見喔！(強調希望再次見到對方)

자주 연락해요!

ja.ju./yo*n.ra.ke*.yo

保持聯絡喔!

track 021

說明

離別時，希望之後繼續保持聯絡，就可以說자주 연락해요!（保持聯絡）常常想到就連絡的意思。

相關

연락 하세요.
yo*n.ra/ka.se.yo
要聯絡喔!

연락 할게요.
yo*n.ra/kal.ge.yo
我會跟你聯絡的。

전화해.
jo*n.hwa. he*
打電話給我。

또 놀러 와요.
do/nol.lo*/wa.yo
下次再來玩喔。

잘 지내세요.
jal/ji.ne*.se.yo
保重喔。

KOREAN

第二篇

生活起居

일어나요！

i.ro*.na.yo

起床了！

track 022

說明

早上該起床了，可以用這一句話叫醒人家。當別人坐著或蹲著時，希望對方站起來，也可以用這一句話。

相關

일어나세요！
i.ro*.na.se.yo
起床了！

會話

A：일어나요. 늦겠어요.
i.ro*na.yo//neut.ge.sso*.yo
起床了。要遲到了。

B：피곤해요. 10분 후에 깨워주세요.
pi.gon.he*.yo//sip.bun/hu.e/ge*.wo.ju.se.yo
我好累。十分鐘後叫我。

會話

C：보통 몇 시에 일어나요？
bo.tong/myo*t/si.e/i.ro*.na.yo
你通常幾點起床？

D：아침 일곱 시에 일어나요.
a.chim/il.gop/si.e/i.ro*na.yo
早上七點起床。

세수를 하고있어요.

se.su.reul/ha.go.i.sso*.yo

我正在刷牙洗臉。

track 023

說明

세수洗手、洗臉都包含。早上醒來要先梳洗才能出門，吃完飯後，洗手時都可以這麼說。

相關

이를 닦고 있어요.
i.reul/dak.go/i.sso*.yo
我正在刷牙。

얼굴을 씻고 있어요.
o*l.gu.reul/ssit.go/i.sso*.yo
我正在洗臉。

오늘 아침 머리를 안 빗었죠?
o.neul/a.chim/mo*.ri.reul/an/bi.so*t.jyo
你今天早上沒有梳頭髮對不對？

會話

A：오늘 일어나서 5분만에 세수를 다했다.
o.neul/i.ro*.na.so*/o/bun.man.e/se.su.reul/da.he*t.da
我今天起床後只花5分鐘梳洗。

B：참 빠르네！
cham/ba.reu.ne
真快！

아침에도 샤워해요?

a.chim.e.do/sya.wo.he*.yo

你早上會洗澡嗎？

track 024

說明

每個人都有不同的生活習慣，我們來看看居家生活中經常出現的情境對話。

相關

신발을 벗어.
sin.ba.reul/bo*.so*
脫鞋子。

방을 정리했어요?
bang.eul/jo*ng.li/he.sso*.yo
房間整理好了嗎？

천천히 먹어요.
cho*n.cho*n.hi/mo*.go*.yo
慢慢吃。

오늘 면도 안했어요.
o.neul/myo*n.do/an.he.sso*.yo
我今天沒刮鬍子。

나는 매일 아침식사 전에 조깅한다.
na.neun/me*.il/a.chim/ sik.sa /jo*n.e/jo.ging.han.da
我每天吃早飯前會去跑步。

다녀오겠습니다.

da.nyo*.o.ge*t.seum.ni.da

我出門囉！

track 025

說明

要出門時，跟家裡的人說一聲，或者在公司上班，要外出時跟公司裡的人說一聲，我出門囉！就是這一句。韓文字面上的意思是我會再回來喔。

會話

A：다녀오겠습니다.
da.nyo*.o.ge*t.seum.ni.da
我出門囉！

B：다녀오세요.
da.nyo*.o.se.yo
再見。(請回來喔。)

會話

A：갔다올게요.
ga*t.da.ol.ge.yo
我出門囉！

B：갔다와요.
ga*t.da.wa.yo
再見。(請回來喔。)

아침식사 드세요.

a.chim. sik.sa./deu.se.yo

吃早餐囉。

track 026

說明

식사的漢字是「食事」，前面再加아침，就變成早餐。加점심就變成午餐。加저녁晚上就變成晚餐。

相關

아침 안 먹었어요.
a.chim/an.mo*.go.sso*.yo
我沒吃早餐。

會話

A：오늘 아침 뭘 드셨어요?
o.neul/a.chim/mwol/deu.syo.sso*.yo
今天早上你吃了什麼？

B：버터를 바른 토스트를 먹었어요.
bo*.to*.reul/ba.reun/to.seu.teu.reul/mo.go.sso*.yo
我吃了塗上奶油的吐司。

會話

C：아침 식사는 맛있게 하셨어요?
a.chim/sik.sa.neun/ma.sit.ge/ha.syo*.sso*.yo
早餐吃得好嗎？

D：네, 베이컨과 달걀을 먹었어요.
ne//be.i.ko*n.gwa/dal.gya.reul/mo*.go*.sso*.yo
嗯，我吃了培根和蛋。

점심 식사하러 나가자.

jo*m.sim/sik.sa.ha.ro*/na.ga.ja

我們出去吃午餐吧。

track 027

說明

邀別人一起去吃午飯可以用這一句。不分時間，想邀別人一起出去吃飯就把「中午」去掉即可。식사하러 나가자我們一起出去吃飯吧。

相關

그는 지금 식사 중이에요.
geu.neun/ji.geum/sik.sa/jung.i.e.yo
他現在正在吃飯。

점심 식사 하셨어요？
jo*m.sim/sik.sa/ha.syo*.sso*.yo
你吃過午餐了嗎？

會話

A：점심으로 뭘 먹을래요？
jo*m.si.meu.ro/mwol/mo*.geul.le*.yo
你中午想吃什麼？

B：오무라이스 먹고싶어요. 같이 갈래요？
o.mu.rai.seu/mo*k.go.si.po*.yo//ga.chi/gal.le*.yo
我想吃蛋包飯。要一起去吃嗎？

A：네, 같이 갑시다.
ne//ga.chi/gap.si.da
好哇，一起去吧！

오늘 저녁에 함께 식사하실까요?

o.neul/jo*.nyo*k.e/ham.ge/sik.sa.ha.sil.ga.yo

今晚要不要一起吃晚餐呢？

track 028

說明

함께 식사하실까요？（要不要一起吃呢？）以及같이 식사 하실래요？（要一起吃飯嗎？）比較有詢問對方意見，慎重的感覺。

相關

우리는 시내 식당에서 식사를 했다.
u.ri.neun/si.ne*/sik.dang.e.so*/sik.sa.reul/he*t.da
我們在市區一家餐廳吃了晚餐。

저녁에 간단한 식사를 해요.
jo*.nyo*g.e/gan.dan.han/sik.sa.reul/he.yo
我晚餐吃得比較簡單。

저녁식사 준비를 하고있어요.
jo*.nyo*k.sik.sa/jun.bi.reul/ha.go.i.sso*.yo
我正在準備晚餐。

저녁식사에 초대하고 싶어요.
jo*.nyo*k/sik.sa.e/cho.de*.ha.go/si.po*.yo
我想邀你來吃晚餐。

정말 맛있는 식사였어요.
jo*ng.mal/ma.sin.neun/sik.sa/yo.sso*.yo/
這頓飯真的很好吃。

오늘 어떤 옷을 입을까요?

o.neul/o*do*n/o.seul/i.beul.ga.yo

今天要穿什麼衣服呢？

track 029

說明

옷을 입다就是著裝，穿衣服的意思。依照語尾的變化可以變化出多種不同的意思。

相關

그는 옷을 참 잘 입는다.
geu.neun/o.seul/cham/jal.ib.neun.da
他真的很會穿衣服。

옷을 갈아 입으러 집에 갈 거예요.
o.seul/ga.ra/i.beu.lo*/ji.be/gal.go*.ye.yo
我要回家換衣服。

오늘 데이트가 있어요, 그래서 원피스 입고싶어요.
o.neul/de.i.teu.ga/i.sso*.yo//geu.re*.so*/won.pi.seu/ip.go.si.po*.yo
今天有約會，所以我想穿連身洋裝。

내일 중요한 회의가 있어요, 마땅한 옷을입어야돼요.
ne*il/jung.yo.han/hwe*.ui.ka.i.sso*.yo//ma.dang.han/o.seul.i.bo*.ya.dwe*.yo
明天有重要的會議，要穿合適的衣服才行。

아침마다 화장을 해요?

a.chim.ma.da/hwa.jang.eul/he*.yo

妳每天早上都會化妝嗎？

track 030

說明

在公司上班，參加會議、晚宴等正式場合中，女性的化妝，已經變成一種禮儀了。在韓國，不僅上班族，連大學生，國中高中生，甚至有的國小女生，已經會化妝了！真的很驚人......

相關

화장을 고치고 있어요.
hwa.jang.eul/go.chi.go/i.sso*.yo
我正在補妝。

눈 화장을 안 했어.
nun/hwa.jang.eul/an/he*.sso*
我沒有畫眼妝。

會話

A： 오늘 화장을 안했어？화장 안 한 얼굴이 더 예쁘네.
o.neul/hwa.jang.eul/an.he*.sso*//hwa.jang/an/han.o*l.gu.ri/do*/ye.beu.ne
你今天沒有化妝？沒有化妝更漂亮呢。

B：칭찬 해 주셔서 감사합니다.
ching.chan/he*/ju.syo*.so*/gam.sa.ham.ni.da
謝謝你的讚美。

피부 참 좋아요.

pi.bu/cham/jo.a.yo

你的皮膚真好。

track 031

說明

遇見很多韓國人之後，發現韓國人大部分皮膚都很白很乾淨，這跟氣候、空氣、飲食、保養以及愛漂亮都有關，學了韓文之後，不妨問問他們有什麼秘訣吧！

相關

피부를 어떻게 관리해요?
pi.bu.reul/o*.do*.ke/gwal.li.he*.yo
你都怎麼保養皮膚？

내 남동생은 갈색 피부가 있어요.
ne*/nam.dong.se*ng.eun/gal.se*k/pi.bu.ga.i.sso*.yo
我的弟弟有古銅色皮膚。

그녀의 피부는 눈처럼 희다.
geu.nyo*.ui/pi.bu.neun/nun.cho*.ro*m/hui.da
那女生的皮膚像雪一樣白。

會話

A：피부 참 좋아요.
pi.bu/cham/jo.a.yo
你的皮膚真好。

B：피부도 희고 잘생기고, 완전 꽃미남이에요.
pi.bu.do/hui.go/jal.se*ng.gi.go//wan.jo*n/gon.mi.nam.i.e.yo
你皮膚白又長得帥，根本就是花美男啊。

그는 키도 크고 몸이 좋다.

geu.neun/ki.do/keu.go/mo.mi/jo.ta

他身高很高，體格也好。

track 032

說明

몸，就是身體，我們來看看這個字相關的各種表達法。

相關

몸매가 좋다.
mom.me*.ga/jo.ta
身材真好。

몸 좀 풀어야겠어.
mom/jom/pu.ro*.ya.ge*.sso*
我得伸展一下筋骨了。

會話

A：몸은 괜찮아요?
mo.meun/gwe*n.cha.na.yo
你身體還好嗎？

B：네, 요즘 몸 상태가 좋아졌어요.
ne//yo.jeum/mom/sang.te*.ga/jo.a.jyo*.sso*.yo
嗯，我最近身體狀況變好了。

A：일도 좋지만 몸도 챙기세요.
il.do/jo.chi.man/mom.do/che*ng.gi.se.yo
工作雖重要，也要照顧自己的身體喔。

운동은 몸에 좋아요.

un.dong.eun/mo.me/jo.a.yo

運動對身體很好。

track 033

說明

關心健康的人就會知道，什麼對健康好。想要告訴韓國朋友時，몸에 좋아요這一句就可以派上用場。

相關

과일은 건강에 좋다.
gwa.i.reun/go*n.gang.e/jo.ta
水果對健康很好。

건강이 좋아요/나빠요.
go*n.gang.i/jo.a.yo// na.ba.yo
我很健康/不健康。

會話

A：안색이 안 좋아 보여요.
an.se*.gi/an/jo.a/bo.yo*.yo
你看起來臉色不太好。

B：너무 피곤해요.
no*.mu/pi.gon/he*.yo
太累了。

A： 좀 쉬세요. 몸 조심해요.
jom/swi.se.yo//mom/jo.sim.he*.yo
稍微休息一下吧。保重。

성격이 참 좋아요.

so*ng.gyo*.gi/cham/jo.a.yo

你個性真好。

track 034

說明

성격(性格)，和기질(氣質)，性格，情緒的反應與傾向，都是指一個人的個性。

相關

그는 성격이 좋아서 같이있으면 마음이 편해요.
geu.neun/so*ng.gyo*.gi/jo.a.so*/ga.chi.i.sseu.myo*n/ma.eu.mi/pyo*n.he.yo
他個性很好，所以跟他在一起心情很舒服。

우리 사장은 성격이 강하다.
u.li/sa.jang.eun/so*ng.gyo*.gi/gang.ha.da
我們老闆個性很強。

會話

A：이분은 성격이 털털한 것 같다.
i.bu.neun/so*ng.gyo*.gi/to*l.to*l.han/go*t/gat.da
這位看起來個性很隨和。

B：털털하고 재미있어요.
to*l.to*l.ha.go/je*.mi.i.sso*.yo
他很隨和又有趣。

A:나는 재미있는 사람을 좋아해요.
na.neun/je*.mi.in.neun/sa.ra.meul/jo.a.he*.yo
我喜歡有趣的人。

KOREAN

第三篇

約會聚餐

오늘 약속 있어요?

o.neul/yak.so/gi.sso*.yo

你今天有約會嗎？

track 035

說明

오늘 약속 있어요，只要將語尾音調上揚，就是疑問句，意思是「你今天有約會嗎？」。若語尾音調是往下停頓的，意思就變成「我今天有約會」。

相關

친구와 약속이 있어요.
chin.gu.wa/yak.so.gi/i.sso*.yo
我和朋友有約。

會話

A：주말에 약속 있어요?
ju.ma.re/yak.sok/i.sso*.yo
你周末有約會嗎？

B：아니요. 왜요?
a.ni.yo//we*.yo
沒有。怎麼了？

A：우리 같이 영화 보러 갈까요?
u.li/ga.chi/yo*ng.hwa/bo.ro*/gal.ga.yo
我們一起去看電影好嗎？

B：좋아요.
jo.a.yo
好啊。

어떤 영화를 좋아하세요?

o*.do*n/yo*ng.hwa.reul/jo.a.ha.se.yo

你喜歡哪一類型的電影？

track 036

說明

和朋友一起去看電影，或者吃東西，做各種選擇時，可以詢問對方喜歡哪一種類型，只要將電影兩個字替換，就可以詢問各種問題囉。

相關

어떤 음식을 좋아하세요?
o*.do*n/eum.si.geul/jo.a.ha.se.yo
你喜歡哪一種食物？

요즘 볼만한 영화가 뭐가 있죠?
yo.jeum/bol.man.han/yo*ng.hwa.ga/mwo.ga/it.jyo
最近有什麼值得看的電影嗎？

이 영화는 수상했다.
i/yo*ng.hwa.neun/su.sang.he*t.da
這部電影有得獎。

만화를 영화로 만든 것이다.
man.hwa.reul/yo*ng.hwa.ro/man.deun/go*.si.da
這是漫畫改編的電影。

그 드라마는 파리에서 촬영되었다.
geu/deu.ra.ma.neun/pa.ri.e.so*/chwal.yo*ng.dwe.o*t.da
那部劇是在巴黎拍攝的。

……주세요.

ju.se.yo

請給我……

track 037

說明

韓語當中，通常沒有主詞，所以必須要依照對方說的意思、表情肢體動作，以及語尾的變化來明白到底是在說「你」還是「我」還是「他」。

相關

사주세요.
sa.ju.se.yo
買給我。

사줄께요.
sa.jul.ge.yo
我買給你。

會話

A：불고기 이인분 주세요.
bul.go.gi/i.in.bun/ju.se.yo
烤肉兩人份。

B：그리고 물 주세요.
geu.ri.go/mul/ju.se.yo
還有請給我們水。

C：네, 바로 드릴께요.
ne//ba.ro/deu.ril.ge.yo
好，馬上送來。

맛 있어요.

ma/si.sso*.yo

好吃。

track 038

說明

맛 있어요語尾音調上揚就變成問句，好吃嗎？ 語尾音掉下抑就變成肯定句，好吃。

相關

좋아하는 음식이 뭐예요?
jo.a.ha.neun/eum.si.gi/mwo.ye.yo
你最喜歡的食物是什麼？

찌개, 삼계탕, 부침개 다 좋아요.
jji.ge*//sam.gye.tang//bu.chim.ge*/da/jo.a.yo
湯鍋，人　雞，煎餅我都喜歡。

저녁 식사로 국수를 먹었어요.
jo*.nyo*k/sik.sa.ro/guk.su.reul/mo*.go*.sso*.yo
我晚餐吃了麵。

會話

A：맛 있어요?
ma/si.sso*.yo
好吃嗎？

B：네, 맛 있어요./아니요, 별로요.
ne//ma/si.sso*.yo//a.ni.yo//byo*l.lo.yo
嗯，好吃。/不好吃，味道普通。

잘 먹겠습니다.
jal/mo*k.ge*t.seum.ni.da
我開動了。

track 039

說明

맛있게好吃地。드세요吃，享用。請津津有味地享用的意思。吃飯時常說的一句話。

相關

많이 드세요.
ma.ni/deu.se.yo
多吃一點。

맛있게 드세요.
ma.sit.ge/deu.se.yo
用餐愉快。

會話

잘 먹겠습니다.
jal/mo*k.get.seum.ni.da
我要吃囉。

예, 맛있게 드세요.
ye//ma.sit.ge/deu.se.yo
好的，請享用。

오빠도 드세요.
o.ba.do/deu.se.yo
哥哥也吃。

식사 예절을 배워야 해요.

sik.sa/ye.jo*.reul/be*.wo.ya/he*.yo

我們應該要學習餐桌禮儀。

track 040

說明

韓國人吃飯時不把碗拿起來吃，要用湯匙吃飯，筷子只用來夾菜。有些許和台灣不一樣的規矩。這裡介紹一些在國際間相同的餐桌禮儀。

相關

음식을 입 안에 넣고 말하지 마세요.
eum.si.geul/ip/ba.ne/no*.ko/mal.ha.ji/ma.se.yo
嘴巴裡有東西時不要說話。

식탁 위에 팔꿈치를 올리지 마세요.
sik.tak/wi.e/pal.gum.chi.reul/ol.li.ji/ma.se.yo
手肘不要放到桌上。

음식 가지고 장난치지 마.
eum.sik/ga.ji.go/jang.nan.chi.ji/ma
不要玩弄食物。

음식을 씹을 때는 입을 벌리지 마세요.
eum.si.geul/ssi.beul/de*.neun/i.beul/bo*l.li.ji/ma.se.yo
咀嚼時不要張開口。

한 끼니를 해결할 수 있는 것은 축복이에요.
han/gi.ni.reul/he*.gyo*l.hal/su/in.neun/go*seun/chuk.bo.gi.e.yo
能夠解決一餐已經是祝福了。

향기롭다.

hyang.gi.rop.da

好香啊。

track 041

說明

향기 (香氣) ，特別指飲食、咖啡等濃郁、隱約的香味。也常出現在形容花和水果的新鮮香味的語句中。

相關

여기는 장미 향기가 가득하네.
yo*.gi.neun/jang.mi/hyang.gi.ga/ga.deu.ka.ne
這裡充滿玫瑰花香耶。

나는 커피 향을 좋아한다.
na.neun/ko*.pi/hyang.eul/jo.a.han.da
我喜歡咖啡的香味。

향기가 좋다.
hyang.gi.ga/jo.ta
香味很棒。

이 꽃은 향기가 좋다.
i/go.cheun/hyang.gi.ga/jo.ta
這花真香。

그에게서 아름다운 향기가 난다.
geu.e.ge.so*/a.reum.da.un/hyang.gi.ga/nan.da
他身上散發出優雅的香味。

나쁜 냄새가 났다.

na.beun/ne*m se*.ga/nat.da

發出臭味了。

track 042

說明

냄새（氣味），這個字在形容好的和壞的味道時都可以使用。

相關

냄새가 나다.
ne*m.se*.ga/na.da
有味道。

이 가죽은 악취가 난다
i/ga.ju.geun/ag.chwi.ga/nan.da
這皮革發出惡臭了。

냄새 참 좋아요.
ne*m.se*/cham/jo.a.yo
聞起來味道真不錯。

會話

A：이게 무슨 냄새지？
i.ge/mu.seun/ne*m.se*.ji
這是什麼味道？

B： 타는 냄새가 났다.
ta.neun/ne*m.se*.ga/nat.da
有燒焦的味道。

덥다. /더워요.

do*p.da//do*.wo.yo

真熱。/好熱啊。

track 043

說明

덥다是指天氣的熱。如果是吃東西，食物很熱、很燙時要用뜨겁다。而很冷춥다則是台韓相通的，除了說天氣冷，也可以在聽到冷笑話時說「好冷喔」。

相關

아, 춥다./추워요.
a//chup.da//chu.wo.yo
啊，好冷。/好冷喔。

비가 와요.
bi.ga/wa.yo
下雨了。

일기 예보에 의하면, 내일 강한 태풍이 온다.
Il.gi/ye.bo.e/ui.ha.myo*n//ne*.il/gang.han/te*.pung.i/on.da
根據氣象報導，明天有強烈颱風要來。

會話

A：왜 그렇게 우울해 보여？
we*. geu.ro*.ke/u.ul.he*/bo.yo*
你怎麼看起來那麼憂鬱？

B：날씨가 나빠서 우울해.
nal.ssi.ga/na.ba.so*/u.ul.he*
天氣不好所以憂鬱。

날씨가 참 좋다.

nal.ssi.ga/cham/jo.ta

天氣真好。

track 044

說明

따뜻해요.（好溫暖），可以用來說天氣，握住溫熱的飲料杯子時也可以這麼說。

相關

따뜻해요.
da.deu.te*.yo
好溫暖。

시원해요.
si.won/he*yo
好舒服/好涼爽。

햇빛이 내린다.
he*t.bi.chi/ne*.rin.da
陽光照射下來了。

會話

A：주말에 날씨가 어떻데요？
ju.ma.re/nal.ssi.ga/o*.do*.te.yo
周末的天氣會怎樣？

B：예상 날씨는 맑고 좋은 날씨가 되겠습니다.
ye.sang/nal.ssi.neun/mal.go/jo.eun/nal.ssi.ga/dwe.get.seum.ni.da
預報說會是晴朗的好天氣。

생신 축하합니다！

se*ng.sin/chu.ka.ham.ni.da

生日快樂！

track 045

說明

생신（生辰），用此字有尊敬對方的涵義，對長輩說生日快樂時就要用這個字。

생일（生日），則可以用在平輩晚輩身上。

相關

생일이 언제예요？

seng.i.ri/o*n.je.ye.yo

你的生日是什麼時候？

내 생일은 3월 17일이다.

ne*/se*ng.i.reun/sam.wol/sip.chi.ri.ri.da

我的生日是3月17日。

늦었지만 생일 축하해요！

neu.jo*t.ji.man/se*ng.il/chu.ka.he*yo

雖然遲了，還是祝你生日快樂！

會話

A：오늘 영애의 생일이에요.

o.neul/yo*ng.e*.ui/se*ng.i.ri.e.yo

今天是英愛的生日。

B：생일 축하합니다！

seng.il/chu.ka.ham.ni.da

生日快樂！

내일 추석이에요.

ne*.il/chu.so*.qi.e.yo

明天就是中秋節了。

track 046

說明

韓國也會過中秋節，和台灣一樣是農曆八月十五日，我們來看看他們怎麼過中秋節。

相關

한국 사람은 추석을 어떻게 지내요?
han.guk/sa.ra.meun/chu.so*.geul/o*.do*.ke/ji.ne*.yo
韓國人怎麼過中秋節？

집에 가서 부모님과 같이 지내요.
ji.be/ga.so*/bu.mo.nim.kwa/ga.chi/ji.ne*.yo
回家和父母一起度過。

송편 먹고 보름달을 즐겨요.
song.pyo*n/mo*k.go bo.reum.da.reul/jeul.gyo*.yo
吃松糕、賞月

대만 사람은 바비큐 해요.
de*.man/sa.ra.meun/ba.bi.kyu/he*.yo
台灣人會烤肉。

월병, 유자를 먹고, 불꽃놀이 도해요.
wol.byo*ng//yu.ja.reul/mo*k.go//bul.gon.no.r i/do.he*.yo
吃月餅和柚子，還會放煙火。

크리스마스 즐겁게 보내세요!

keu.ri.seu.ma.seu/jeul.go*p.ge/bo.ne*.se.yo

聖誕快樂！

track 047

說明

聖誕節到了，想跟親朋好友祝賀一聲，聖誕快樂。原來韓語的發音就是英文一個音節一個音節轉過來的啊。Christmas轉成韓語就變成크리스마스囉。

相關

즐거운 크리스마스가 되길 바랍니다.
jeul.go*.un/ keu.ri.seu.ma.seu.ga/dwe.gil/ba.ram.ni.da
祝你聖誕快樂！

크리스마스예요.
keu.ri.seu.ma.seu.ye.yo
聖誕節到了。

성탄절은 예수 그리스도 의 생일을 축하하는 날이에요.
so*ng.tan.jo*.reun/ye.su/geu.ri.seu.do/ui/se*ng.i.reul/chu.ka.ha.neun/na.ri.e.yo
聖誕節是慶祝耶穌基督誕生的日子。

즐거운 성탄절 되시고 행복한 새해 맞으시기 바랍니다!
jeul.go*.un/so*ng.tan.jo*l/dwe.si.go/he*ng.bo.kan/se*.he*/ma.jeu.si.gi/ba.ram.ni.da
祝你聖誕快樂，新年快樂！

새해 복 많이 받으세요！

se*.he*/bok/ma.ni/ba.deu.se.yo

新年快樂！

track 048

說明

韓國和台灣一樣，有陽曆也有陰曆，所以過年也和台灣一樣，國曆的過一次，農曆的過一次。

相關

새해 복 많이 받으십시오.
se*.he*/bok/ma.ni/ba.deu.sip.si.o
祝您新年快樂。

새해 인사를 드립니다.
se*.he*/in.sa.reul/deu.rim.ni.da
向您獻上新年問候。

건강하세요.
go*n.gang.ha.se.yo
祝你健康。

會話

A：새해 복 많이 받으세요！ 부자되세요！
se*he*/bok/ma.ni/ba.deu.se.yo//bu.ja.dwe.se.yo
新年快樂！祝你成為富翁！

B：새해 복 많이 받으세요！소원 성취하세요！
se*he*/bok/ma.ni/ba.deu.se.yo//so.won/so*ng.chwi.ha.se.yo
新年快樂！願你的希望實現！

전통 관행
jon.tong/ gwan.he*ng

傳統習俗

track 049

설날에 한복을 입는 한국사람도 있습니다.
so*l.la.re/ han.bo.geul/ im.neun/ han.guk.sa.ram.do/ it.seum.
ni.da
有些韓國人在過年時會穿韓服。

설날 아침에 부모님께 절을 합니다.
so*l.lal/ a.chim.e/ bu.mo.nim.ge/ jo*.reul/ ham.ni.da
新年第一天早上要向父母行大禮。

이 때 어른들은 아이들에게 세뱃돈을 줍니다.
i/ de*/ o*.reun.deu.reun/ a.i.deu.re.ge/ se.be*t.do.neul/ jum.
ni.da
這時長輩會給晚輩壓歲錢。

한국 세뱃돈 봉투는 흰색 이에요.
han.guk/ se.be*t.don/ bong.tu.neun/ huin.se*k/ i.e.yo
韓國的壓歲錢袋是白色的信封。

비교적 비 정식적인 자리에서 반절을 합니다.
bi.gyo.jo*k/ bi/ jo*ng.sik.jo*.gin/ ja.ri.e.so*/ ban.jo*.reul/ ham.
ni.da
在比較非正式的場合中會行小禮。

새해엔 떡을 먹습니다.
se*.he*.en/ do*.geul/ mo*k.seum.ni.da
過年會吃年糕。

KOREAN

第四篇

運動休閒

오늘 등산 할거예요.

o.neul/deung.san/hal.go*.ye.yo

今天我們會登山。

track 050

說明

出遊到郊外踏青，有哪些需要注意的事項呢？透過這單元，我們來看看怎麼準備吧！

相關

물,휴지,과자 등 필수용품을 준비하세요.
mul//hyu.ji//gwa.ja/deung/pil.su.yong.pu.meul/jun.bi.ha.se.yo
請準備水、面紙、小餅乾等必需用品。

출발하기전에 워밍업하고 작업장갑도 쓰세요.
chul.bal.ha.gi.jo*n.e/wo.ming.o*p.ha.go/ja.go*p.jang.gap.do/sseu.se.yo
出發前先暖身，也請戴上麻布手套。

향수 뿌리지말고 방충제있으면 사용하세요.
hyang.su/bu.ri.ji.mal.go/bang.chung.je.i.sseu.myo*n/sa.yong.ha.se.yo
不要噴香水，如果有防蚊液就噴防蚊液。

긴바지 입으면 좋아요.
gin.ba.ji/i.beu.myo*n/jo.a.yo
穿長褲比較好。

자, 갑시다 !
ja//gap.si.da
好的，我們出發吧！

해변으로 가고싶어요.

he*.byo*n.eu.ro/ga.go.si.po*.yo

我想去海邊。

track 051

說明

해변海邊。海的韓文是바다，海邊還有另一個說法是바닷가。去海邊玩，有哪些常用語呢？

相關

수영복 있어요？
su.yo*ng.bok/i.sso*.yo
你有泳衣嗎？

선 크림 발랐어요？
so*n/keu.rim/bal/la/sso*.yo
你有擦防曬乳了嗎？

나 서핑 할줄 알아요.
na/so*.ping/hal.jul/a.ra.yo
我會衝浪喔。

會話

A：나 수영 못해요.
na/su.yo*ng/mo.te*.yo
我不會游泳。

B：가르쳐 줄게요.
ga.reu.chyo*/jul.ge.yo
我教你。

호텔 예약했어요?

ho.tel/ye.yak.he*.sso*.yo

飯店訂了嗎？

track 052

說明

到韓國旅遊，事先先查好飯店資訊，可以的話先用網路訂房。另一種方法則是在韓國當地機場的服務處，請他們介紹飯店，也可以請他們幫忙訂房喔。

相關

방 하나 예약하고싶어요.
bang/ha.na/ye.yak.ha.go.si.po*.yo
我想預約一個房間。

싱글룸/더블룸/트윈룸 부탁해요.
sing.geul.lum //do*.beul.lum //teu.win.rum/bu.tak.he*.yo
我要單人房(一張單人床)/雙人房(一張雙人床)/雙人房(兩張單人床)。

구월 팔일부터 십일일까지, 삼박 사일이에요.
gu.wol/pa.ril.bu.to*/si.bi.ril.ga.ji//sam.bak/sa.i.ri.e.yo
從9月8日到11日，共四天三夜。

하룻밤에 얼마예요?
ha.rut/ba.me/o*l.ma.ye.yo
一晚多少錢？

방안에 인터넷 있어요?
bang.a.ne/in.to*.net/i.sso*.yo
房間裡有網路嗎？

체크인 하려구요.

chc.kcu.in/ha.ryo*.gu.yo

我要辦理入住(check-in)。

track 053

説明

체크인就是英文的check in。韓文也有一部分的字是由英文轉變而來的，所以有時候會發現大部分韓國人說的英文是韓式發音，對於能說出發音準確而流利英文的人，韓國人似乎就會覺得他很厲害。

相關

예약안해도 괜찮아요?
ye.yag.an.he*.do/gwe*n.cha.na.yo
沒有預約可以嗎？

몇분이 입주하시겠습니까?
myo*t.bu.ni/ip.ju.ha.si.ge*t.seum.ni.ka
幾位要入住？

네 명이에요.
ne/myo*ng.i.e.yo
四位。

트윈룸 두개 주세요.
teu.win.rum/du.ge*/ju.se.yo
請給我們有兩張單人床的雙人房兩間。

아침식사 도 포함되나요?
a.chim. sik.sa/do /po.ham.dwe.na.yo
有包含早餐嗎？

국내 전화 하려면, 비용이 어떻게 되세요?

guk.ne*/jo*n.hwa/ha.ryo*.myo*n//bi.yong.i/o*.do*.ke/dwe.se.yo

請問打國內電話的費用要怎麼計算？

track 054

說明

住進飯店裡，需要各種幫忙與服務，這時最常使用的語句有那些呢，我們來看看。

相關

냉장고안에 있는것 다 무료예요? 아니면 따로 계산하나요?

ne*ng.jang.go.a.ne/in.neun.go*t/da/mu.ryo.ye.yo//a.ni.myo*n/da.ro/gye.san.ha.na.yo

冰箱裡的東西都是免費的嗎？還是要另外付費？

인터넷이 안되요. 도와주세요.

in.to*.nen.ni/an.dwe.yo//do.wa.ju.se.yo

網路不通。請幫助。

뜨거운 물이 안 나와요.

deu.go*.un/mu.ri/an/na.wa.yo

沒有熱水。

에어컨 조정을 했는데, 아직도 너무 추워요/더워요.

e.o*.ko*n/jo.jo*ng.eul/he*n.neun.de//a.jik.do/no*.mu/chu.wo.yo//do*.wo.yo

雖然調整了空調，還是很冷/很熱。

모닝콜 해주세요.
mo.ning.kol/he*.ju.se.yo
請給我叫醒服務(morning call)。

체크아웃은 몇 시예요?
che keu aut eun myeot si ye yo
請問幾點要退房？

사운나 하러가자.

sa.un.na/ha.ro*.ga.ja

我們去三溫暖吧。

track 055

說明

三溫暖，大眾澡堂是韓國頗具特色的文化。好好地洗一次澡，搓掉污垢、去角質也是放鬆身心的好方法喔。蒸氣讓毛孔打開，更容易洗乾淨，對皮膚保養也是很有益處。

相關

여기 좋은 찜질방 있어요.
yo*.gi/jo.eun/jjim.jil.bang/i.sso*.yo
這裡有不錯的蒸氣房（三温暖）喔。

때 밀고싶어요. 요금이 얼마예요？
de*/mil.go.si.po*.yo//yo.geu.mi/o*l.ma.ye.yo
我想搓澡。請問費用是多少錢？

때 밀어주세요.
de*/mi.ro*/ju.se.yo
請幫我搓澡。

살살 밀어주세요.
sal.sal/mi.ro*.ju.se.yo
請輕輕搓。

수면실도 있어요？
su.myo*n.sil.do/i.sso*.yo
這裡有睡眠室嗎？

어떤 운동를 좋아하세요?

o*.do*n/un.dong.reul/jo.a.ha.se.yo

你喜歡什麼運動？

track 056

説明

韓國的足球風氣很盛行，就像台灣男生大多喜歡打籃球那樣，韓國男生大多喜歡踢足球喔。

相關

어떤 스포츠를 좋아하세요?
o*.do*n/seu.po.cheu.reul/jo.a.ha.se.yo
你喜歡什麼運動？

농구와 축구 중에서 어느 운동을 더 좋아해요?
nong.gu.wa/chuk.gu/jung.e.so*/o*.neu/un.dong.eul/do*/jo.a.he*.yo
籃球和足球當中，你比較喜歡哪一個？

준비운동을 하세요.
jun.bi.un.dong.eul/ha.se.yo
請做暖身動。

會話

A：어떤 운동을 좋아하세요?
o*.do*n/un.dong.eul/jo.a.ha.se.yo
你喜歡什麼運動？

B：배구를 좋아해요.
be*.gu.reul/jo.a.he*.yo
我喜歡打排球。

우리 춤추자.

u.li/chum.chu.ja

我們來跳舞吧。

track 057

說明

춤（舞），是名詞。추다（跳舞），動詞。跳舞完整地說就是 춤을 추다，有點繞口吧？

相關

어디서 춤을 배웠습니까?
o*.di.so*/chu.meul/be*.wo*t.seum.ni.ga
你在哪裡學了跳舞的？

그가 춤을 잘 춘다.
geu.ga/chu.meul/jal/chun.da
他很會跳舞。

저는 춤을 출 줄 몰라요.
jo*.neun/chu.meul/chul/jul/mol.la.yo
我不太會跳舞。

會話

A：춤추는 거 좋아하세요?
chum.chu.neun/go*/jo.a.ha.se.yo
你喜歡跳舞嗎？

B：예, 좋아해요.
ye//jo.a.he*.yo
是的，我喜歡。

요가를 하다.

yo.ga.reul/ha.da

做瑜珈。

track 058

說明

不喜歡運動的女生，應該還能夠接受做瑜珈吧？伸展身體，拉筋，這種輕微的運動能幫助心情平靜，舒緩壓力，睡前做很不錯喔。

相關

요가로 살을 뺐어요.
yo.ga.ro/sa.reul/be*.sso*.yo
我做瑜珈減肥。

일주일에 3번씩 요가를 해요.
il.ju.i.re/se/bo*n.ssik/yo.ga.reul/he*.yo
我一星期做瑜珈3次。

나는 월요일에 요가를 한다.
na.neun/wol.yo.i.re/yo.ga.reul.han.da
我星期一做瑜珈。

S라인 몸매를 원하면, 요가해보세요.
s.la.in/mom.me.reul/won.ha.myo*n//yo.ga.he*.bo.se.yo
想要有S曲線，試試看做瑜珈吧。

요가는 스트레스 해소에 좋다.
yo.ga.neun/seu.teu.re.seu/he*.so.e/jo.ta
瑜珈對於紓解壓力很好。

산책하러 가자.

san.che*k/ha.ro*/ga.ja

我們去散步吧。

track 059

說明

想要運動保持健康，散步、走路也是不錯的選擇喔。跑步屬於較激烈的運動，對於心臟血管都有比較強的影響。而散步則是溫和，有益身心的運動。

相關

밖에 나가서 산책하자.
ba.ge/na.ga.so*/san.chek.ha.ja
我們出去散步吧。

산책하기 딱 좋은 날씨네요.
san.che*k.ha.gi/dak/jo.eun/nal.ssi.ne.yo
正是散步的好天氣呢。

그는 먼데까지 걸어다닌다.
geu.neun/mo*n.de.ga.ji/go*.ro*.da.nin.da
他走了很遠的路。

會話

A：어디로 산책을 나가요？
o*.di.ro/san.che*.geul/na.ga.yo
我們要去那裡散步？

B：산속을 산책하고 싶어요.
san.so.geul/san.che*k.ha.go/si.po*.yo
我想到山中散步。

조깅 하고싶어요.

jo.ging/ha.go.si.po*.yo

我想要跑步。

track 060

說明

하고싶어요就是想要做什麼的意思，在前面加上想做的事情就可以完整的表達想說的意思。

相關

나는 퇴근 후에 조깅 하고싶어요.

na.neun/twe.geun/hu.e/jo.ging/ha.go.si.po*.yo

我下班後想要去跑步。

나는 저녁마다 조깅을 한다.

na.neun/jo*.nyo*k.ma.da/jo.ging.eul/han.da

我每天傍晚都會去跑步。

會話

A：힘드세요?

him.deu.se.yo

你會累嗎?

B：조깅은 좀 격렬한 운동 이니까 우리 걸어 가면 어때요?

jo.ging.eun/jom/gyo*g.ryo*l.han/un.dong.i.ni.ga/u.li/go*.ro*.ga.myo*n/o*.de*.yo

跑步是比較激烈的運動，還是我們改用走的，如何?

노래를 진짜 잘하시네요.

no.re*.reul/jin.jja/jal.ha.si.ne.yo

你真的很會唱歌耶。

track 061

說明

잘하시네요（真的做得很好耶），是稱讚別人時常用的語法。

相關

그는 샤워 중에 노래를 한다.

geu.neun/sya.wo/jung.e/no.re*.reul/han.da

他洗澡時會唱歌。

노래하세요.

no.re*.ha.se.yo

請你唱歌。

會話

A：노래 한 곡 불러 주겠어요?

no.re*/han.gok/bul.lo*/ju.ge.sso*.yo

可以(為我)唱一首歌嗎？

A：부탁드립니다.

bu.tak.deu.rim.ni.da

拜託嘛。

B：네, 노래를 한 곡 들려 드리겠습니다.

ne//no.re*.reul/han.gok/deul.lyo*/deu.li.get.seum.ni.da

好，我來獻唱一首。

저의 취미는 독서입니다.

jo*.ui/chwi.mi.neun/dok.so*.im.ni.da

我的興趣是閱讀。

track 062

說明

독서(讀書),就是指閱讀書籍的意思。在學校裡念書,或是學生讀書的話,就用공부(學習)來表達。

相關

독서는 그에게 큰 즐거움을 준다.
dok.so*.neun/geu.e.ge/keun/jeul.go*.u.meul/jun.da
閱讀帶給他很大的樂趣。

독서실에서 공부했어요.
dok.so*.si.re.so*/gong.bu.he*.sso*.yo
我在閱覽室讀書了。

하루 종일 공부하고 지냈어요.
ha.ru/jong.il/gong.bu.ha.go/ji.ne*.sso*.yo
我今天一整天都在讀書。

會話

A:내 취미는 독서와 그림 그리기예요.
ne/chwi.mi.neun/dok.so*.wa/geu.rim/geu.ri.gi.ye.yo
我的興趣是閱讀和畫畫。

B:그래요? 어떤 책을 읽고있어요?
geu.re*.yo//o*.do*n/che*.geul/ilg.go.i.sso*.yo
真的嗎?你現在在讀哪本書?

음악을 듣고있어요.

eu.ma.geul/deut.go.i.sso*.yo

我正在聽音樂。

track 063

說明

適度地聽音樂，可以增添生活的樂趣，使細胞都隨音樂起舞，或者得到平靜與舒適感，甚至有音樂治療出現呢！所以選擇好的音樂來聽吧！

相關

좋은 음악을 들으면 기쁜이 좋아지게되요.
jo.eun/eu.ma.geul/deu.reu.myo*n/gi.beu.ni/jo.a.ji.ge.dwe.yo
聽好的音樂，心情會變好。

그는 배경음악을 틀었다.
geu.neun/be*.gyo*ng.eu.ma.geul/teu.ro*t.da
他打開背景音樂。

그는 작곡가예요.
geu.neun/jak.gok.ga.ye.yo
他是作曲家。

악보 읽을 줄 아세요?
ak.bo/il.geul/jul/a.se.yo
你會看樂譜嗎？

학교에서 음악회가 있었다.
hak.gyo.e.so*/eu.mag.hwe.ga/i.sso*t.da
學校有音樂會。

KOREAN

第五篇

學校生活

난 학교에 간다!

nan/hak.gyo*.e/gan.da

我去學校了!

track 064

說明

身為學生，常用的相關句子有那些呢？我們來看看一些學校生活常用語。

相關

저는 대학생 이에요.
jo*.neun/de*.hak.seng/i.e.yo
我是大學生。

대학을 졸업하면 대학원에 진학하고싶어요.
de.ha.geul/jo.ro*.ba.myo*n/de*.hag.won.e/jin.hak.ha.go.si.po*.yo
我大學畢業後想念研究所。

내 여동생은 고등학교 3학년생 이에요.
ne* /yo*.dong.se*ng.eun/go.deung.hak.gyo/sam.hang.nyo*n.se*ng/i.e.yo
我的妹妹是高中三年級學生。

그는 중학교를 졸업한후에 취직했어요.
geu.neun/jung.hak.gyo.reul/jo.ro*.pan.hu.e/chwi.jik/he.sso*.yo
他國中畢業後就去工作了。

전공은 뭐예요?

jo*n.gong.eun/mwo.ye.yo

你主修什麼？

track 065

說明

전공（專攻），就是指大學主修的意思。

相關

영어를 전공하고 있어요.
yo*ng.o*.reul/jo*n.gong.ha.go/i.sso*.yo
我主修英文。

정치학 전공입니다.
jo*ng.chi.hak/jo*n.gong.im.ni.da
我主修政治學。

컴퓨터 공학을 전공하고 있어요.
ko*m.pyu.to*/gong.ha.geul/jo*n.gong.ha.go.i.sso*.yo
我主修電腦工程。

저는 한국어를 전공했습니다.
jo*.neun/han.gu.go*.reul/jo*n.gong.he*t.seum.ni.da
我(過去)主修韓文。

나는 영문학과 경영학을 복수 전공했다.
na.neun/yo*ng.mun.hak.gwa/gyo*ng.yo*ng.ha.geul/bok.su/jo*n.gong.he*t.da
我(過去)雙主修英國文學和經營學。

동아리에 가입하셨나요?

dong.a.ri.e/ga.i.pa.syon.na.yo

你有加入社團了嗎？

track 066

說明

在學校裡的社團，韓國都是用동아리這個字。社團的英文雖然是club，但是把club翻成韓文字意思就不太一樣了。在韓文裡클럽有社團、俱樂部之意，也有的時候是指夜店喔。

相關

그는 작년에 저와 같은 동아리에 있었어요.
geu.neun/jang.nyo*n.e/jo*.wa/ga.teun/dong.a.ri.e/i.sso*.sso*.yo
他去年和我是同一個社團的。

會話

A：가입한 동아리 있어요?
ga.i.pan/dong.a.ri/i.sso*.yo
你有加入社團嗎？

B：네, 사진 동아리에 들었어요.
ne//sa.jin/dong.a.ri.e/deu.ro.sso*.yo
有，我加入攝影社了。

나는 대학 구내에 산다.

na.neun/de*.hak/gu.ne*.e/san.da

我住在大學校區裡面。

track 067

說明

韓國跟台灣一樣，唸的大學不一定是自己家鄉附近的學校，所以學校有提供宿舍讓學生居住。

相關

두 식당 사이에 문방구가 있다.
du/sik.dang/sa.i.e/mun.bang.gu.ga/it.da
兩間餐廳中間有文具店。

여기는 학생들로 넘쳤다.
yo*.gi.neun/hak.se*ng.deul.lo/no*m.chyo*t.da
這裡充滿了學生。

정말 큰 캠퍼스군요.
jo*ng.mal/keun/ke*m.po*.seu.gun.yo
真是很大的校園啊。

방학하면 학생들이 별로 없을걸요.
bang.hak.ha.myo*n/hak.se*ng.deu.ri/byo*l.lo/o*p.seul.go*.ryo
放假時就會看不到什麼學生。

여기는 남학생 숙소입니다.
yo*.gi.neun/nam.hak.se*ng/suk.so.im.ni.da
這裡是男生宿舍。

늦었어요.

neu.jo*.sso*.yo

遲到了。

track 068

說明

上課或上班，常遇到遲到這種情況。不論如何，準時還是最好的。

相關

왜 늦었어요?
we*/neu.jo*.sso*.yo
為什麼遲到?

지각했어요.
ji.ga.ke*.sso*.yo
遲到了。

지각하면 안돼요.
ji.ga.ka.myo*n/an.dwe*.yo
不可以遲到。

안 좋은 인상을 줍니다.
an/jo.eun/in.sang.eul/jum.ni.da
會給人不好的印象。

시간을 지켜주세요.
si.gan.eul/ji.kyo*.ju.se.yo
請守時。

손 들어봐요.

son/deu.ro* bwa.yo

舉手。

track 069

說明

課堂中有一些常用的語句，當老師問「......的人請舉手」時，就是用這一句。

相關

손 내려주세요.
son/ne*.ryo*.ju.se.yo
手放下。

반장 하고싶은 사람있어요？
ban.jang/ha.go.si.peun/sa.ra.mi.sso*.yo
有人想當班長嗎？

칠판 지워 주세요.
chil.pan/ji.wo/ju.se.yo
請擦掉黑板。

질문있습니다.
jil.mun.it.seum.ni.da
我有問題想問。

민우씨 대답하세요.
min.u.ssi/de*.da.pa.se.yo
請民宇回答。

수업이 시작 했어요.

su.o*.bi/si.ja/ke*.so*.yo

上課了。

track 070

說明

這裡要介紹在學校上課的其他常用相關語句。

相關

수업이 끝났어요.
su.o*.bi/geun.na.sso*.yo
下課了。

숙제는 삼페이지 부터 칠페이지 까지예요.
suk.je.neun/sam.pe.i.ji/bu.to*/chil.pe.i.ji/ga.ji.ye.yo
作業是第三頁到第七頁。

다음 시간에 숙제 제출하세요.
da.eum/si.gan.e/suk.je/je.chul.ha.se.yo
下次上課時交作業。

줄업했어요.
ju.ro*.pe*.sso*.yo
我畢業了。

저는 영어를 좋아해요.

jo*neun/yo*ng.o*.reul/jo.a.he*.yo

我喜歡英文。

track 071

說明

韓國高中生和台灣一樣，需要準備大學入學考試，讀書佔了最多的時間。適當飲食運動、偶爾逛街或到戶外走走、讀書和生活取得平衡點變得很重要。파이팅！（加油）

相關

수학은 좀 어렵지만 재미있어요.
su.ha.geun/jom/o*.ryo*p.ji.man/je*.mi. i.sso*.yo
數學雖有點難但很有趣。

이번 시험 중요해요.
i.bo*n/si.ho*m/jung.yo.he*.yo
這次考試很重要。

리포트 잘 써야돼요.
ri.po.teu/jal/sso*.ya.dwe*.yo
報告要好好寫才行。

이번 학기 저는 이십육 학점을 수강해요.
i.bo*n/hak.gi/jo*.neun/i.sib.yuk/hak.jo*.meul/su.gang.he*.yo
我這學期修26個學分。

더 좋은 성적을 얻기위해서, 과외 해요.

do*/jo.eun/so*ng.jo*.geul/o*t.gi.wi.he*.so*//gwa.we/he.yo

為了得到更好的成績，我去補習。

track 072

說明

과외 학원（補習班）。韓國的補習風氣和台灣一樣，相當盛行，也有用網路上課的補習課程。

相關

대학 입학 시험은 내년 팔월이에요.

de*.hak/ib.hag/si.ho*m.eun/ne*.nyo*n/pal.wol.i.e.yo

明年八月就是大學聯招學測了。

홍익대학 영어학과에 진학하고 싶어요.

hong.ik.de*.hak/yo*ng.o*.hak.gwa.e/jin.ha.ka.go/si.po*.yo

我想要考弘益大學英語系。

지금 저는 대학생 신분의 과외 선생님 이에요.

ji.geum/jo*.neun/de*.hak.se*ng/sin.bun.ui/gwa.we/so*n.se*ng.nim/i.e.yo

我現在以大學生的身分擔任家教老師。

앞으로 하고싶은일에 관한 과목을 전공하고있어요.

a.peu.ro/ha.go.si.peun.i.re/gwan.han/gwa.mo.geul/jo*n.gong.ha.go.i.sso*.yo

我主修的科目和我未來想從事的工作相關。

아르바이트 하는 학생이 많아요.

a.reu.ba.i.teu/ha.neun/hak.se*ng.i.ma.na.yo

有很多學生會打工。

track 073

説明

打工，對學生而言，除了能夠幫助經濟收入，也是能增加社會經驗的方法。唸書與打工，時間若可以調配得好，行業的選擇也對未來有幫助的話就最好了。

相關

그는 아르바이트를 하고있어요.

geu.neun/a.reu.ba.i.teu.reul/ha.go.i.sso*.yo

他在打工。

학교안 식당에서 일해요.

hak.gyo.an/sik.dang.e.so*/il.he*.yo

在學校的餐廳工作。

아르바이트 하고 사회 경험을 얻다.

a.reu.ba.i.teu/ha.go/sa.hwe/go*ng.ho*.meul/o*t.da

打工可以獲取社會經驗。

관심이 있는 분야의 아르바이트가 재일 좋아요.

gwan.sim.i/in.neun/bun.ya.ui/a.reu.ba.i.teu.ga/je*.il/jo.a.yo

能在自己喜歡的行業中打工是最好的。

미래에 취직에도 도움이 될거예요.

mi.re*.e/chwi.ji.ge.do/do.u.mi.dwel.go*.ye.yo

對於未來的就業會有幫助。

KOREAN
最道地生活韓語

KOREAN

第六篇

上班族

사장님, 안녕하세요.

sa.jang.nim/an.nyo*ng.ha.se.yo

董事長好。

track 074

說明

公司職場生活中，依照對話對象的階級不同，語法也不同，在公司中特別重視禮貌，我們來看看職場中常用的對話。

相關

이사님, 차 드세요.
i.sa.nim//cha/deu.se.yo
理事，請喝茶。

최경리 전화 받아요.
chwe.gyo*ng.li/jo*n.hwa/ba.da.yo
崔經理，接電話喔。(職位更大的人說的)

주임님과 같이가요?
ju.im.nim.kwa/ga.chi.ga.yo
和主任一起去嗎?

이비서, 도와주세요.
i.bi.so*//do.wa.ju.se.yo
李秘書，請幫我一下。

우리 회사는 세계 최대 컴퓨터 회사입니다.
u.li/hwe.sa.neun/se.gye/chwe.de*/ko*m.pyu.to*/hwe.sa.im.ni.da
我們公司是全世界最大的電腦公司。

수고하셨습니다.

su.go.ha.syo*t.seum.ni.da

辛苦了。

track 075

説明

수고(受苦),就是辛苦的意思。수고하세요字面上的意思是請繼續辛苦喔,其實就是請繼續上班加油的意思。

相關

퇴근하기 전에 인사해야 되요.
twe.geun.ha.gi/jo*n.e/in.sa.he*.ya.dwe*.yo
下班之前必須要打聲招呼再走。

평소에 시간에 맞춰 퇴근할수있어요.
pyo*n.so.e/si.gan.e/mat.chwo/twe.geun.hal.su.i.sso*.yo
平常都可準時下班。

會話

A：먼저 실례하겠습니다.
mo*n.jo*/sil.lye.ha.get.seum.ni.da
我先下班了。(我先失禮了。)

B：네, 수고했어요.
ne//su.go.he*.so*.yo
辛苦了。

A：수고하세요.
su.go.ha.se.yo
請繼續加油。(字義：請繼續辛苦喔。)

여보세요?

yo*.bo.se.yo

喂?

track 076

說明

여보세요?就是哈囉的意思，特別在電話中使用，中文就是「喂?」。

會話

A：여보세요? 이미은씨 계세요?
yo*.bo.se.yo//i.mi.eun.ssi/gye.se.yo
喂?李美恩小姐在嗎?

B：아까 나갔어요. 누구세요?
a.ga/na.ga.sso*.yo//nu.gu.se.yo
她剛剛出去了。請問是誰?

A：전 미은씨의 반 친구에요.
jo*n.mi.eun.ssi.ui/ban/chin.gu.e.yo
我是美恩小姐的同學。

B：메시지를 남겨 줄까요?
me.si.ji.reul/nam.gyo*.jul.ga.yo
要幫你留言嗎?

A：아니요,괜찮아요. 다시 전화 할게요.
a.ni.yo/gwe*n.cha.na.yo//da.si/jo*n.hwa/hal.ge.yo
不用，沒關係。我之後再打來。

안녕하십니까?

an.nyo*ng.ha.sim.ni.ga

您好！

track 077

說明

您好的正式說法就是안녕하십니까？雖然韓語是問句的語法，但其實並沒有等待對方回答好或不好之意，是一種開頭問候語。

會話

A：안녕하십니까? 대한 그룹 비서실 입니다. 말씀히십시오.

an.nyo*ng.ha.sim.ni.ga//de*.han.geu.rup/bi.so*.sil/im.ni.da//mal.sseum.ha.sip.si.o

您好！這裡是大韓集團秘書室。請說。

B：안녕하세요. 미스 린 계세요?

an.nyo*ng.ha.se.yo//mi.seu/rin/gye.se.yo

您好。請問林小姐在嗎？

A：잠깐 자리를 비우셨는데, 전화 드리라고 할까요?

jam.gan/ja.ri.reul/bi.u.syo*n.neun.de//jo*n.hwa/deu.ri.ra.go/hal.ga.yo

她剛才離開座位，要請她回電給您嗎？

B：네, 전화해달라고 해주세요. 저는 김실장이에요.

ne//jo*n.hwa.he*.dal.la.go/he*.ju.se.yo//jo*.neun/gim.sil.jang.

i.e.yo

好，請她回電給我。我是金室長。

A：네, 알겠습니다. 전달할게요.

ne//al.get.seum.ni.da//jo*n.dal.hal.ge.yo

好的，我明白了。我會傳達給她的。

會話

A：안녕하십니까？대한 그룹 입니다. 말씀하십시오.

an.nyo*ng.ha.sim.ni.ga//de*.han.geu.rup/im.ni.da//mal.sseum.ha.sip.si.o

您好！這裡是大韓集團。請說。

B：오부장님 안 계세요？

o/bu.jang.nim/an/gye.se.yo

吳部長不在嗎？

A：지금 통화중이에요. 말씀 전달할까요？

ji.geum/tong.hwa/jung.i.e.yo//mal.sseum/jo*n.dal.hal.ga.yo

他現在通話中。需要為您傳話嗎？

A：아, 지금 통화끝났어요.

a//ji.geum/tong.hwa/geun.na.sso*.yo

啊，他講完電話了。

B：네, 그럼 바꿔 주세요.

ne//geu.ro*m/ba.gwo.ju.se.yo

好，那請他接電話。

회의중입니다.

hwe.ui.jung.im.ni.da

正在開會中。

track 078

說明

중（中），和中文一樣的意思。회의중（開會中）；통화중（通話中）；사용중（使用中）。

相關

회의가 몇 시예요？
hwe.ui.ga/myo*t/si.ye.yo
會議幾點開始？

김차장님이 회의를 주재 할 것이다.
kim.cha.jang.ni.mi/hwe.ui.reul/ju.je*/hal/go*si.da
金次長將會主持會議。

전 오전에 회의를 할 거예요. 제 전화 좀 받아 줄래요？
jo*n/o.jo*n.e/hwe.ui.reul/hal/go*.ye.yo//je/jo*n.hwa/jom/ba.da.jul.le*.yo
我上午要開會。可以幫我接一下我的電話嗎？

이 모임의 주제는 무엇입니까？
i/mo.im.ui/ju.je.neun/mu.o*.sim.ni.ga
這次聚會主題是什麼？

영애씨도 회의에 참석해야돼요.
yo*ng.e*.ssi/do/hwe.ui.e/cham.so*k.he*.ya/dwe*.yo
英愛小姐，妳也要參加會議。

난 내일 출장을 간다.

nan/ne*.il/chul.jang.eul/gan.da

我明天要出差了。

track 079

說明

上班族有時候需要出差，到辦公室以外的方辦公、處理公司事務，來看看韓語的相關語句。

相關

출장비용은 회사가 부담해요.
chul.jang/bi.yong.eun/hwe.sa.ga/bu.dam.he*.yo
出差費用由公司負擔。

1년에 2차례 출장을 갑니다.
il.nyo*n.e/du.cha.rye/chul.jang.eul/gam.ni.da
我一年出差2次。

會話

A：난 내일 출장을 간다.
nan/ne*.il/chul.jang.eul/gan.da
我明天要出差了。

B：어디로 출장을 가요？
o*.di.ro/chul.jang.eul/ga.yo
要出差去哪裡？

A：한국에 출장을 가요.
han.gu.ge/chul.jang.eul/ga.yo
要去韓國出差。

KOREAN

第七篇

逛街

우리 쇼핑하러 가자!

u.li/syo.ping/ha.ro*/ga.ja

我們去逛街吧！

track 080

說明

逛街就是쇼핑，是從英文shopping來的字。成為韓文後要加하다才會變成動詞。

會話

A：우리 토요일에 쇼핑할까?
u.ri /to.yo.i.re/syo.ping /hal.ga
我們星期六要不要一起去逛街呢？

B：좋아요. 어디에서 쇼핑할까요?
jo.a.yo//o*.di.e.so*/syo.ping.hal.ga.yo
好哇。要去哪裡逛？

A：저는 동대문나 명동에 가고싶어요.
jo*.neun/dong.de*.mun.na/myo*ng.dong.e/ga.go.si.po*.yo
我想去東大門或者是明洞。

B：저는 명동에 가고싶어요.
jo*.neun/myo*ng.dong.e/ga.go.si.po*.yo
我想去明洞。

A：좋아요.그럼 우리 명동에 가자!
jo.a.yo//geu.ro*m/u.ri/myo*ng.dong.e/ga.ja
好啊。那我們就去明洞吧。

어떻게 가요?

o*.do*.ke/ga.yo

要怎麼去？

track 081

說明

어떻게（怎麼），詢問方法的意思。어떻게 가요？就是問說怎麼去，用何種交通方式去的意思。

相關

차로 가요.
cha.ro.ga.yo
開車去。

걸어서 가면 돼요.
go*.ro*.so*/ga.myo*n/dwe*.yo
用走的就可以了。

나는 택시로 출근합니다.
na.eun/te*k.si.ro/chul.geun.ham.ni.da
我搭計程車上班。

會話

A：어떻게 가요？
o*.do*.ke/ga.yo
要怎麼去？

B：지하철로 가요.
ji.ha.cho*l.lo.ga.yo
搭捷運去。

저는 아까 뛰어 왔어요.

jo*neun/a.ga/dwi.o*/wa.sso*.yo

我剛剛用跑的來了。

track 082

說明

有時比較趕，或者在玩耍時會奔跑，這時用뛰다這個字。而跑步運動的跑，則是用조깅하다跑步這個字。

相關

우리 뛰자！
u.li.dwi.ja
我們跑！

뛰어！
dwi.o*
跑！

그는 빠르게 뛰어요.
keu.neun/ba.reu.ge.dwi.o*.yo
他跑得很快。

종국씨는 뛰어서 회사에 갔어요.
jong.guk.ssi.neun/dwi.o*.so*/hwe.sa.e/ga.sso*.yo
鐘國用跑的去公司。

미은씨는 걸어서 학교에 갔어요.
mi.eun.ssi.neun/ko*.ro*.so*.hak.gyo.e.ga.sso*.yo
美恩用走的去學校。

예쁜 옷을 사고싶다.

ye.beun/o.seul/sa.go.sip.da

我想買漂亮衣服。

track 083

說明

옷泛指所有種類的衣服，上衣褲子裙子都包含。在百貨公司中分類名稱則是用의류（衣物）這個字。

相關

이 옷 한번 입어 봐도 될까요?
i/ot/han.bo*n/i.bo*/bwa.do/dwel.ga.yo
我可以試穿嗎?

옷이 너무 딱 맞네요. 더 큰 것으로 주세요.
o.si/no*.mu/dak/man.ne.yo//do*.keun/go*.seu.ro/ju.se.yo
衣服有點緊。請給我大一點的。

너무 커요. 한 사이즈 작은 것으로 주세요.
no.mu/ko*.yo// han.sai.jeu/ja.geun/go*.seu.ro.ju.se.yo
衣服有點寬鬆。請給我小一號的。

그는 옷을 잘 입는다.
geu.neun/o.seul/jal/ib.neun.da
他很會穿衣服。

할인되나요?
hal.in.dwe.na.yo
有打折嗎?

깎아주세요.

ga.ga.ju.se.yo

算我便宜一點嘛。

track 084

說明

逛街買東西，如果會殺價，可以省下許多錢。用韓語，該怎麼殺價呢？我們快來學一下。

相關

싸게 해 주세요.
ssa.ge/he*/ju.se.yo
請算我便宜一點。

會話

A：이것얼마예요？
i.go*t/o*l.ma.ye.yo
這個多少錢？

B：오만오천원요.
o.man.o.cho*n.won.yo
五萬五千元。

A：좀 싸게 해 주세요.
jom/ssa.ge/he*/ju.se.yo
請算我便宜一點。

A：오만원에 주면 제가 사겠습니다.
o.man.won.e/ju.myo*n/je.ga/sa.get.seum.ni.da
如果算我五萬我就買。

비싸요.

bi.ssa.yo

好貴喔。

track 085

說明

如果真心想殺價，不貴也要說好貴。這時就是用這一句，비싸요（好貴）或者너무 비싸요（太貴）。

相關

비싸네.
bi.ssa.ne
真貴。

왜 이렇게 비싸요?
we*/i.ro*.ke/bi.ssa.yo
怎麼這麼貴？

會話

A：아줌마, 이것 너무 비싸요.
a.jum.ma/i.ko*t/no*.mu/bi.ssa.yo
老闆，這個太貴了。

B：안 비싸요.
an.bi.ssa.yo
不貴。

A：좀 싸게 주시면 안돼요?
jom/ssa.ke/ju.si.myo*n/an.dwe*.yo
可以算我便宜一些嗎？

싸요.

ssa.yo

好便宜。

track 086

說明

看到真的很便宜的東西，可以說싸요（好便宜），通常是跟朋友說的，對店家的話，除非是不打算殺價時才可以說喔。

相關

싸네.

ssa.ne

很便宜耶。

제일 싼것으로 사와.

je.il/ssan.ko*.seu.ro/sa.wa

買最便宜的回來。

이것 진짜 싸다.

i.ko*t/jin.jja/ssa.da

這個真的很便宜。

會話

A：사장님, 이것 다섯 개 주세요.

sa.jang.nim/i.ko*t/da.so*t.ge*/ju.se.yo

老闆，請給我這個五個。

B：더 많이사면 더 싸게 해드릴게요.

do*/ma.ni.sa.myo*n/do*/ssa.ge/he*.deu.ril.ge.yo

買更多的話給你算更便宜喔。

나 이것 살게요.

na.i.go*t/sal.ge.yo

我要買這個。

track 087

説明

사다（買），按照語尾變化來表達各種不同買的意思。

相關

뭘 샀어요？
mwol/sa.sso*.yo
你買了什麼？

많이 샀어요？
ma.ni/sa.sso*.yo
買了很多嗎？

과일 사 왔어요？
gwa.il/sa/wa.sso*.yo
水果買回來了嗎？

會話

A：뭘 사고싶어요？
mwol/sa.go.si.po*.yo
妳想買什麼？

B：에쁜 외투 있으면 사요.
ye.beun/we.tu/i.seu.myo*n/sa.yo
如果有漂亮的外套我就買。

천천히 가세요.

cho*n.cho*n.hi/ga.se.yo

請走慢一點。

track 088

說明

韓國人和台灣人在一起，大部分是韓國人個性比較急，動作比較快，若狀況允許，可以用這幾句話請對方走路放慢速度。

相關

천천히 와요.
cho*n.cho*n.hi/wa.yo
慢慢來。(指過來自己這裡的來)

너무 빨라요. 천천히 하면안돼요?
no*mu/bal.la.yo//cho*n.cho*n.hi/ha.myo*n.an.dwe*.yo
太快了。 能不能慢一點?

천천히 말씀 하세요.
cho*n.cho*n.hi/mal.sseum/ha.se.yo
請慢慢說。

會話

A：급해요? 천천히 드세요.
geu.pe*.yo//cho*n.cho*n.hi/deu.se.yo
很急嗎?請慢慢吃。

B：이미 천천히 먹고 있어요.
i.mi//cho*n.cho*n.hi/mo*k.go/i.sso*.yo
我已經吃很慢了。

뭘 좀 마실래요？
mwol/jom/ma.sil.le*.yo
要喝點什麼嗎？

track 089

說明

逛街需要補充水。想要喝飲料時，可以使用這句，問對方想不想喝點什麼，如此也表達出自己想喝飲料的意思。

會話

A：목 마르다.
mok/ma.reu.da
我口渴了。

B：나는 배고프고 목도 마르다.
na.neun/be*.go.peu.go/mok.do/ma.reu.da
我肚子餓又口渴。

A：그럼 우리 뭘 좀 마실래요？
geu.ro*m/u.ri/mwol/jom/ma.sil.le*.yo
那我們要不要喝點什麼？

B：버블 티 마시고싶어요.
bo*.beul/ti/ma.si.go.si.po*.yo
我想喝珍珠奶茶。

A：이쪽으로 가보세요.
i.jjo.geu.ro/ga.bo.se.yo
往這邊走看看。

어디에 있어요?

o*.di.e/i.sso*.yo

在哪裡？

track 090

說明

어디에 있어요？（在哪裡？）這句前面加上人名地名，就是問說這個人這地方在哪裡的意思。

相關

저는 길을 잃었어요.
jo*.neun/gi.reul/i.ro*.so*.yo
我迷路了。

실례하지만, 연세대가 이 근처에 있어요?
sil.lye.ha.ji.man//yo*n.se.de.ga/i /geun.jo*.e.i.so*.yo
不好意思，請問延世大在這附近嗎？

여기서 제일 가까운 지하철 역은 어디에 있어요?
yo*.gi.so*/je.il/ga.ga.un/ji.ha.cho*l/yo*.geun/o*.di.e/i.sso*.yo
請問離這裡最近的地下鐵站在哪裡？

會話

A：남산타워는 어디에 있어요?
nam.san.ta.wo.neun/o*.di.e/i.sso*.yo
請問南山塔在哪裡？

B：이길을 쭉~ 가시면돼요.
i.gi.reul/jjuk/ ga.si.myo*n.dwe*.yo
沿這條路一直走就可以到。

쉬세요.

swi.se.yo

請休息。

track 091

說明

開車到遠地，中途可以到休息站休息一下。工作到很累時，不妨休息一下，再繼續，效率會更好喔。

相關

여기서 쉬세요.
yo*.gi.so*/swi.se.yo
請在這裡休息。

휴식소 가서 좀 쉬어도 되나요?
hyu.sik.so/ga.so*/jom/swi.o*.do/dwe.na.yo
我們可以去休息區休息一下嗎？

그는 지금 쉬고있어요.
geu.neun/ji.geum/swi.go.i.sso*.yo
他現在在休息。

會話

A : 몸은 괜찮아요?
mom.eun/kwe*n.cha.na.yo
你身體還好嗎？

B : 좀 쉬고싶어요.
jom/swi.go. si.po*.yo
我想休息一下。

물 있어요?

mul/i.sso*.yo

你有水嗎?

track 092

說明

逛街到一半，有哪些情況，會用到哪些常用語句呢？我們來看看。

相關

나 물을 마시고 싶어요.
na/mu.reul/ma.si.go/si.po*.yo
我想喝水。

휴지 주세요.
hyu.ji/ju.ye.yo
請給我面紙。

화장실이 어디예요?
hwa.jang.si.ri/o*.di.ye.yo
化妝室在哪裡?

오세요.
o.se.yo
請過來。

이것 먹어 봐요.
i.ko*t/mo*.go*.bwa.yo
吃吃看。

이쪽으로 와.

i.jjo.geu.ro/wa

往這邊走。

track 093

說明

逛街到一半，有哪些情況，會用到哪些常用語句呢？我們來看看。

相關

따라와.
da.ra.wa
跟我來。

여기！ 이것 봐.
yo*.gi//i.go*t/bwa
這裡！ 你看這個。

같이 사진 찍어요.
ga.chi/sa.jin/jji.go*.yo
一起照張相吧。

사진 찍어 주세요.
sa.jin/jji.go*/ju.se.yo
請幫我們拍照。

하나, 둘, 셋.

ha.na/dul/set

一、二、三。

track 094

說明

這句是韓國人拍照時常說的話。살인 미소字義是殺人微笑，就是迷死人的超魅力微笑，看見的人都被迷死了，所以說是殺人微笑。

相關

웃으세요.
u.seu.se.yo
請微笑。

이것 살인미소예요.
i.go*t/sa.rin.mi.so.ye.yo
我這是殺人微笑。

너무 웃겨요. 지금 표정관리가 안돼요.
no*.mu/ut.gyo*.yo//ji.geum/pyo.jo*ng.gwal.li.ga/an.dwe*.yo
太好笑了。我現在無法管理表情了。

찍었어요?
jji.go*.sso*.yo
拍了嗎？

잘 나왔어요.
jal/na.wa.so*.yo
拍得很好耶。

한국요리를 먹고싶어요.

han.guk.yo.ri.reu/l mo*k.go.si.po*.yo

我想吃韓國料理。

track 095

說明

想要吃韓國料理時，不管是人蔘雞或韓式烤肉，這一句就包含所有韓式的料理。想知道各式各樣的韓式料理名稱，在最後單字補充的美食部分有列出來喔。

相關

닭갈비 좋아해요?
dak.gal.bi/jo.a.he*.yo
你喜歡炒雞肉嗎？

안녕하세요. 닭갈비 사인분 주세요.
an.nyo*ng.ha.se.yo//dak.gal.bi/sa.in.bun/ju.se.yo
你好。請給我們四人份的炒雞肉。

여기 부침개도 있어요?
yo*.gi/bu.chim.ge*.do/i.sso*.yo
這裡也有韓式煎餅嗎？

會話

A：이건 서비스예요.
i.go*n/so*.bi.seu.ye.yo
這個是免費送你們的。

B：와！ 좋아요. 감사합니다.
wa//jo.a.yo//gam.sa.ham.ni.da
哇！ 好棒。謝謝。

이것 매워요?
i.go*t/me*.wo.yo
這個會辣嗎?

track 096

說明

光看名字無法確定它辣不辣,想知道這個食物會不會辣,就可以用這句來問。

相關

추천해주세요.
chu.cho*n.he*.ju.se.yo
請推薦。

안 맵게 만들어 주실 수 있나요?
an/me*p.ge/man.deu.ro*/ju.sil/su/in.na.yo
可以做成不辣的嗎?

會話

A:이것 아주 매워요?
i.go*t/a.ju/me*.wo.yo
這個非常辣嗎?

B:조금 매워요.
jo.geum/me*.wo.yo
一點點辣。

A:안 매운것 있어요?
an/me*.un.go*.t/i.sso*.yo
有不辣的餐點嗎?

살았어요.

sa.ra.sso*.yo

活過來了。

track 097

説明

肚子非常餓，終於吃到東西，或者非常口渴終於喝到水，走路工作非常累終於可以休息一下，得到元氣恢復的時候都可以用這句表達出現在好多了的意思。

相關

살았어.

sa.ra.sso*

活過來了。(半語)

나 이제 살았어요.

na/i.je/sa.ra.sso*.yo

我現在活過來了。/我活下來了。

맛있는 것 먹어서 힘이 나요.

ma.sin.neun/go*t/mo*.go*.so*/hi.mi/na.yo

吃了好吃的東西，我得到力量了。

다시 살았어요.

da.si/sa.ra.sso*.yo

我再次活過來了。

지금 힘이있어요.

ji.geum/hi.mi.i.sso*.yo

現在有力氣了。

미용실에 가야겠다.

mi.yong.sil.e/ga.ya.ge*t.da

我得去一趟美髮沙龍了。

track 098

說明

如果想在韓國美髮，比起講得超仔細又詳細，不如直接拿照片給他們看。但是會一點基本需要溝通的語句，仍然會有幫助。

相關

머리를 염색하고싶어요.
mo*.ri.reul/yo*m.se*k.ha.go.si.po*.yo
我想染頭髮。

헤어스타일 잡지 있나요?
he.o*.seu.ta.il/jap.ji/in.na.yo
請問有參考的髮型雜誌嗎？

저는 금색으로 염색하고 스트레이트 파마를 하고 싶어요.
jo*.neun/geum.se*k.eu.ro/yo*m.se*k.ha.go//seu.teu.re.i.teu/pa.ma.reul.ha.go.si.po*.yo
我想要染金色、燙直。

저는 갈색으로 염색하고 굵게 파마하고 싶어요.
jo*.neun/gal.se*k. eu.ro/yo*m.se*k.ha.go/guk.ge/pa.ma.ha.go.si.po*.yo
我想要染褐色、燙大捲。

KOREAN

第八篇

生活常用語

예.

ye

是。

track 099

說明

回答別人的問題，是或不是，要怎麼說？這一單元都是表達「是」、「對」的意思。

相關

네. 그렇습니다.

ne//geu.ro*.seum.ni.da

是的，就是那樣。

그래요.

geu.re*.yo

是的。

그럼요.

geu.ro*m.yo

是啊。

사실입니다.

sa.si.rim.ni.da

那是事實。

예, 맞습니다.

ye//mat.seum.ni.da

是，沒錯。

아니요.

a.ni.yo

不是。

track 100

說明

回答別人的問題，是或不是，要怎麼說？ 這一單元都是表達「不是」、「不對」的意思。

相關

아니에요.
a.ni.e.yo
不是的。

아닙니다.
a.nim.ni.da
不是的。

아니.
a.ni
不是。

안 그래요.
an/geu.re*.yo
不是那樣。

그것은 사실이 아닙니다.
geu.go*.seun/sa.si.ri/a.nim.ni.da
事實不是那樣。

맞아요.

ma.ja.yo

對。/沒錯。

track 101

說明

回答別人的問題，肯定時可以用 맞아요（是/沒錯）或者別人說了什麼，想表示認同他的說法，贊同他，也可以這麼說。

相關

맞습니다.
mat.seum.ni.da
這是正確的。

정확하다.
jo*ng.hwa.ka.da
正確。

옳다. 당신 말이 옳다.
ol.ta//dang.sin/ma.ri/ol.ta
對。你說的對。

그렇다.
geu.ro*.ta
對。

그렇고 말고요.
geu.ro*.ko/mal.go.yo
就是那樣。

안 그래요.

an/geu.re*.yo

不對。

track 102

說明

回答別人的問題，否定時可以用안 그래요（不對）。或者別人說了什麼，想表示不認同他的說法，不贊同他，也可以這麼說。

相關

그렇지 않아요.
geu.ro*.chi/a.na.yo
不是那樣的。

틀렸어요.
teul.lyo*.sso*.yo
你錯了。

잘못 됐어요.
jal.mot/dwe*.sso*.yo
這是錯誤的。

그릇된 것입니다.
geu.reut.dwen/go*.sim.ni.da
那是錯的。

글렀다.
geul.lo*t.da
錯了。

좋아요.

jo.a.yo

好啊

track 103

說明

當別人提議時，表示願意、答應的時候可以說 좋아요（好啊！）

相關

좋습니다.

jo.sseum.ni.da

好的。

그래.

geu.re*

好。/是。

응. 좋아요.

eung//jo.a.yo

嗯。好。

會話

A：우리 식사 하러갈까요?

u.li/sik.sa/ha.ro*.gal.ga.yo

我們去吃飯，如何?

B：좋아.

jo.a

好啊。

좋아요.

jo.a.yo

好棒。

track 104

説明

FB臉書裡的按讚鈕大拇指旁邊，中文是寫「讚」，韓文就是寫「좋아요」喔。

相關

짱이다.
jjang.i.da
讚！

최고！
chwe.go
最棒！(最高)

최고다！
chwe.go.da
最棒！(最高)

대박！
de*.bak
太棒了！

대단해요！
de*.dan.he*.yo
厲害！

좋아요.

jo.a.yo

好。

track 105

說明

좋다是好的意思。覺得很好、很高興、愉快、喜歡時都可以用좋아요來表示。

相關

좋아, 그렇게 할게.
jo.a/geu.ro*.ke/hal.ge
好，就這麼辦。

왜 그렇게 기분이 좋아?
we*/geu.ro*.ke/gi.bun.i/jo.a
你怎麼那麼高興？

그것 좋은 생각이에요.
geu.go*t/jo.eun/se*ng.ga.gi.e.yo
那真是個好主意。

친구 좋다는 게 뭐니?
chin.gu/jo.ta.neun/ge/mwo.ni
朋友是用來做什麼的？

그녀는 마음이 좋다.
geu.nyo*.neun/ma.eu.mi/jo.ta
她的心地很好。

안 좋아요.

an/jo.a.yo

不好

track 106

說明

當別人提議時，表示不願意、不好的時候可以說안 좋아요 (不好)。

相關

좋지 않아요.
jo.chi/a.na.yo
不好。

아뇨.
a.nyo
不。

그러지마세요.
geu.ro*.ji.ma.se.yo
別那樣。

會話

A：빵 먹는거 좋아요?
bang/mo*k.neun.ko*/jo.a.yo
吃麵包好不好?

B：아뇨. 안 좋아요. 밥 먹고싶어요.
a.nyo//an/jo.a.yo//bap/mo*k.go.si.po*.yo
不，不好。我想吃飯。

돼요.

dwe*.yo

行/可以。

track 107

說明

韓語裡，돼요（行/可以），只要將語尾音調上揚，就是疑問句，意思是「可以嗎？」。若語尾音調是往下停頓，則成為肯定句，意思變成「可以」。

相關

그렇게 해도 돼요?
geu.ro*.ke/he*.do/dwe*.yo
那樣做也行嗎？

그런 걱정은 안 해도 돼요.
geu.ro*n/go*k.jo*ng.eun/an/he*.do/dwe*.yo
不必那樣擔心。

뭐 하나 물어봐도 돼요?
mwo/ha.na/mu.ro*.bwa.do/dwe*.yo
我可以問你一件事嗎？

會話

A：여기에 앉아도 괜찮아요?
yo*gi.e/an.ja.do/gwe*n.cha.na.yo
我可以坐在這裡嗎？

B：네, 괜찮아요.
ne//gwe*n.cha.na.yo
可以，沒關係。

안돼요.

an.dwe*.yo

不行/不可以。

track 108

說明

韓語裡，안돼요（不行/不可以），只要將語尾音調上揚，就是疑問句，意思是「不可以嗎？」。

相關

지금 가면 안돼요？
ji.geum/ga.myo*n/an.dwe*.yo
我現在不能走嗎？

會話

A：여기에 앉으면 안될까요？
yo*.gi.e/an.jeu.myo*n/an.dwel.ga.yo
我可以坐這兒嗎？

B：괜찮아요. 앉으세요.
gwe*n.cha.na.yo//an.jeu.se.yo
沒關係。請坐。

會話

C：포기해도 됩니까？
po.gi.he*.do/dwem.ni.ga
我可以放棄嗎？

D：안돼요. 포기하면 안돼요.
an.dwe*.yo//po.gi.ha.myo*n/an.dwe*.yo
不行。不可以放棄。

잠깐만요！

jam.gan.ma.nyo

等一下！

track 109

說明

希望別人等一下，不要走、不要進行他正要執行的事，或者請對方待在原處，待在電話線上等一下，都可以用잠깐만요（等一下）。

相關

잠깐！
jam.gan
等一下！

잠깐만！
jam.gan.man
等一下！

잠깐 기다려 주세요.
jam.gan/gi.da.lyo*/ju.se.yo
請稍等一下。

잠깐만 제 가방 좀 봐주시겠습니까？
jam.gan.man/je/ga.bang/jom/bwa.ju.si.get.seum.ni.ga
你可以幫我看一下包包嗎？

잠시만요.
jam.si.man.yo
請稍待一會。

깜짝이야！

gam.jja.gi.ya

嚇我一跳！

track 110

說明

被對方突然的言行舉止嚇到時，可以用這句表達깜짝 놀랐어요（嚇我一跳）。而標題的깜짝이야，則是被嚇到，有一點責怪對方時說的。

相關

깜짝 놀랐어요.
gam.jjak/nol.la.sso*.yo
嚇我一跳。

너 때문에 깜짝 놀랐어요.
no*/de*.mun.e/gam.jjak/nol.la.sso*.yo
我被你嚇了一跳。

그 사실을 알았을 때 깜짝 놀랐어요.
geu/sa.si.reul/a.ra.seul/de*/gam.jjak/nol.la.so*.yo
當我得知這個事實時，真的很驚訝。

會話

A: 현빈아！
hyeon.bi.na
玄彬！

B: 깜짝이야！
gam.jja.gi.ya
嚇我一跳！

화이팅！
hwa.i.ting
加油！

track 111

説明

想鼓勵對方，給他打氣，希望他以喜悅的心情繼續奮鬥時，說的話就是화이팅！（加油）

相關

파이팅
pa.i.ting
加油！

아자 아자！
a.ja/a.ja
加油！

빠샤！
ba.sya
衝啊！加油！

힘 내세요.
him/ne*.se.yo
加油喔！

이겨라！ 이겨라！
i.gyo*.la//i.gyo*.la
加油！ 加油！(贏過他！贏過他！)

멋있어요.

mo*.si.sso*.yo

帥

track 112

說明

稱讚對方長得很帥，或者對方做的決定很帥氣果敢時，可以用這句 멋있어요（帥），來形容。멋있다（帥），也可以形容女生喔，主要是讚美對方身材高挑、臉蛋等各方面都很棒的意思。

相關

예뻐요.
ye.bo*.yo
漂亮。

아름다워요.
a.reum.da.wo.yo
好美麗。

잘생겼어요.
jal.se*ng.gyo*.sso*.yo
長得好看。(男女生皆適用)

튼튼해요.
teun.teun.he*.yo
長得很健壯。

귀여워요.
gwi.yo*.wo.yo
可愛。

부드러워요.

bu.deu.ro*.wo.yo

好溫柔。

track 113

說明

稱讚可以稱讚對方的外表，也可以稱讚對方的內心與特質，被稱讚的人心情也變好，互相都會產生好的影響呢。

相關

유머러스해요.
yu.mo*.ro*.seu. he*yo
很幽默。

재미있어요.
je*mi.i.sso*.yo
很有趣。

착해요.
chak.he*.yo
很善良。

노래 잘하시네요.
no.re*/jal.ha.si.ne.yo
你唱歌好好聽。

춤을 잘 추시네요.
chu.meul/jal/chu.si.ne.yo
舞跳得很好。

걱정하지 마세요.

gok*.jo*ng.ha.ji/ma.se.yo

不要擔心。

track 114

說明

當別人有擔心煩惱時，想要安慰他可以用這句話걱정하지 마세요（不要擔心）。

相關

마음 쓰지 말아요.
ma.eum/sseu.ji/ma.ra.yo
不要操心。

신경 쓰지 마세요.
sin.gyo*ng/sseu/ji/ma.sc.yo
不要在意。

걱정 마. 내가 있자나.
go*k.jo*ng/ma//ne*.ga/it.ja.na
不用擔心。有我在。

잘 하고 있어요. 걱정하지 마세요.
jal/ha.go/i.sso*.yo//gok*.jo*ng.ha.ji/ma.se.yo
你做得很好。不用擔心。

염려 마세요.
yo*m.ryo*/ma.se.yo
不要擔憂。

말해 봐요
mal.he*/bwa.yo
說說看。

track 115

說明

在這裡，只要把요去掉就變成半語，是比較親近的朋友之間使用的。例如말해 봐요（說說看），變成半語就是말해 봐（說說看）。

相關

먹어 봐요.
mo*.go*/bwa.yo
吃吃看。

들어 봐요.
deu.ro*/bwa.yo
聽聽看。

맡아 봐요.
ma.ta/bwa.yo
聞聞看。

읽어 봐요.
il.go*/bwa.yo
讀讀看/唸唸看。

한번 해봐요.
han.bo*n/he*.bwa.yo
做一次看看。

부탁해요.

bu.ta.ke.yo

拜託。

track 116

說明

請求別人幫忙時，除了說出那件事，再加上這一句부탁해요（拜託嘛）懇求的意味就更濃了，被拜託的人答應的可能性也會更高。

相關

부탁드립니다.
bu.tak.deu.rim.ni.da
拜託您了。

부탁드려요.
bu.tag.deu.ryo*.yo
拜託了。

제발 흥분 하지 마. 화낼 일이 아닌데.
je.bal/heung.bun/ha.ji.ma//hwa.ne*l/i.ri/a.nin.de
拜託不要激動。這不是該生氣的事。

하나님 부탁합니다.
ha.na.nim/bu.tak.ham.ni.da
神啊 拜託您。

부탁을 드려도 될까요？
bu.ta.geul/deu.ryo*.do/dwel.ga.yo
我可以拜託你一件事嗎？

기분이 좋아요.

gi.bun.i/jo.a.yo

心情真好。

track 117

說明

天氣真好！心情也不自覺著好了起來，這時候就可以說기분이 좋아요（心情真好）或者有什麼令人高興的事情發生，都可以這麼說喔。

相關

기분이 좋아졌어요.
gi.bun.i/jo.a.jyo*.so*.yo
心情變好了。

즐거워요.
jeul.go*.wo.yo
很開心。

안심해요.
an.sim.he*.yo
感到安心。

위로 받았어요.
wi.ro/ba.da.sso*.yo
得到安慰了。

치유를 받았어요.
chi.yu.reul/ba.da.so*.yo
得到醫治。

행복해요！

he*ng.bo.ke*.yo

好幸福唷！

track 118

說明

행복해요！覺得很幸福的時候，就說出來吧。

我好幸福唷！讓周圍的空氣也都享受這份幸福吧。

相關

기뻐요.
gi.bo*.yo
好高興。

영광스러워요.
yo*ng.gwang.seu.ro*.wo.yo
我感到很光榮。

설레다.
so*l.le.da
我內心很激動、興奮。

떨린다.
do*l.lin.da
我在心跳、顫抖。

감동 받았어요.
gam.dong/ba.da.sso*.yo
好感動喔。

사랑해요.

sa.rang.he*.yo

我愛你。

track 119

說明

我愛你。사랑愛，加上해요動詞，表達出我愛你的意思。喜歡到某種程度，彼此讓彼此感到幸福，願意為對方付出心情、力量、時間、努力、犧牲、改變自己等等，這就是愛吧？

相關

사랑해.
sa.rang.he
我愛你。

같이 있으면 행복해요.
ga.chi/i.sseu.myo*n/heng.bo.ke.yo
跟你在一起時很幸福。

평생 나랑 같이 있어줘.
pyo*ng.seng/na.rang/ga.chi/i.sso*.jwo
請你一輩子都和我在一起。

나와 결혼해줄래요？
na.wa/gyo*l.hon.he*.jul.le*.yo
你願意和我結婚嗎？

행복하게 해줄게요.
he*ng.bok.ha.ge/he*.jul.ge.yo
我會給妳幸福。

좋아해요.

jo.a.he*.yo

我喜歡你。

track 120

說明

喜歡，和這個人事物接觸時感覺很好，享受那份感覺，都可以用喜歡來表達。

相關

좋아해.
jo.a.he*
我喜歡你。

홍차는 따끈한 것이 좋다.
hong.cha.neun/da.geun.han/go*.si/jo.ta
我喜歡熱的紅茶。

마음에 드십니까?
ma.eum.e/deu.sim.ni.ga
喜歡嗎？(合你的心意嗎？)

난 니가 마음에 든다.
nan/ni.ga/ma.eum.e/deun.da
我喜歡你。

난 네게 반했어요.
nan/ne.ge/ban.he*.sso*.yo
我喜歡上你了。

보고싶어요.

bo.go.si.po*.yo

我想你。

track 121

說明

보고싶어요是我想要看到你的意思，通常思念、想念一個人時，韓國人會用這句話來告訴對方，我在想你。

相關

당신이 그리워요.
dang.sin.i/geu.ri.wo.yo
我想念你。

널 생각해요.
no*l/se*ng.ga.ke*.yo
我在想你。

고향이 그립다.
go.hyang.i/keu.rip.da
我思念故鄉。

보고 싶어 전화했지.
bo.go/si.po*/jo*n.hwa.he*t.ji
因為想你所以打電話啊。

네가 보고 싶을 거야.
ne.ga/bo.go/si.peul/go.ya
我會想念你的。

약속해요.

yak.so.ke*.yo

我對你承諾/我們來約定。

track 122

說明

약속（約束），加上動詞，變成我答應你、我跟你約定的意思。약속也是約會、誓言、盟約的意思。

相關

약속해요. 다시 올게요.
yak.so.ke*.yo//da.si/ol.ge.yo
我跟你約定，我會再回來的。

약속은 약속이다.
yak.so.geun/yak.so.gi.da
約定就是約定啊。（你不可以食言而肥。）

손가락 걸고 약속해.
son.ga.rak/go*l.go/yak.sok.he*
我們打勾勾約定。

會話

A：약속해？
yak.so.ke*
我們約好喔　？

B：응, 약속해.
eung//yak.so.ke*
嗯，我們約定好。

내기할까요?
ne*.gi.hal.ga.yo
要打賭嗎?

track 123

說明

當兩人意見不同，雙方都非常堅持自己的意見時，勢必要一起來看結果到底是誰對。這時先講好到時看到結果，輸的人要給贏的人什麼獎賞，來增加刺激及樂趣。

相關

그는 나와 내기를 했다.
geu.neun/na.wa/ne*.gi.reul/he*t.da
他跟我打賭了。

나는 점심 내기에 이겼다.
na.neun/jo*m.sim/ne*.gi.e/i.gyo*t.da
我打賭贏到一份午餐。

會話

A：정말? 내기 할까?
jo*ng.mal//ne*.gi/hal.ga
真的? 要打賭嗎?

B：내기하자. 지는 사람은 이긴사람에게 스타벅스 한잔 사줘야돼.
ne*gi.ha.ja//ji.neun/sa.ra.meun/i.gin.sa.ram.e.ge/seu.ta.bo*k.seu/han.jan/sa.jwo.ya.dwe*
好啊來打賭。輸的人要請贏的人喝一杯星巴克。

찾아요.

cha.ja.yo

找尋。

track 124

說明

찾아요前面加名詞，意思就是在找尋那件事物物。열쇠를 찾아요（我在找鑰匙）뭘 찾아요？（你在找什麼）

相關

찾아봐요.
cha.ja.bwa.yo
找找看。

뭘 찾아요？
mwol/cha.ja.yo
你在找什麼？

찾았어요？
cha.ja.sso*.yo
找到了嗎？

아직 안 찾았어요.
a.jik/an/cha.ja.sso*.yo
還沒找到。

숨겨요.

sum.gyo*.yo

藏起來。

track 125

說明

把東西或自己的身體或心意隱藏起來，為了不讓人發覺。而捉迷藏則是숨바꼭질。

相關

뭘 숨겼어요?

mwol/sum.gyo.sso*.yo

你把什麼東西藏起來了?

동전 잘보관하세요.

dong.jo*n/jal.bo.gwan.ha.se.yo

請好好保管存摺。

지은씨 문뒤에 숨었어요.

ji.eun.ssi/mun.dwi.e/su.mo.sso*.yo

智恩躲在門後面。

왜 내 옷을 숨겼어요?

we*/ne*/u.seul/sum.gyo.so*.yo

為什麼把我的衣服藏起來?

손에 뭔가 있어요?

so.ne/mwon.ga.i.sso*.yo

你的手裡面有什麼?

맞춰봐요.

mat.chwo.bwa.yo

猜猜看。

track 126

說明

不直接告訴對方答案，而是要對方先猜看看的時候，就會說맞춰봐요（猜完再告訴你答案）。

會話

A：제가 주는 선물이 뭔지 맞춰봐요.
je.ga/ju.neun/so*n.mu.ri/mwon.ji/mat.chwo.bwa.yo
我送妳的禮物是什麼，猜猜看。

B：무엇인가요？ 내가 어떻게 맞춰요？
mu.o*.sin.ga.yo//ne*.ga /o*.do*.ke/mat.chwo.yo
會是什麼呢？ 我不會猜啦。

A：그냥 맞춰봐요.
geu.nyang/mat.chwo.bwa.yo
妳就猜看看嘛。

B：다이아몬드？
da.i.a.mon.deu
鑽石？

A：맞아요！！
ma.ja.yo
答對了！！

빨리！빨리！

bal.li//bal.li

快快快！

track 127

說明

韓國可以說是빨리빨리的民族，不論做什麼事都是趕快趕快，連說話、走路、做事都是快速進行的人們。

相關

빨리 일어나요.
bal.li/ i.ro*.na.yo
趕快起來。

어서 오세요.
o*.so*/o.se.yo
歡迎光臨！（趕快來）

어서 돌아오세요.
o*.so*/do.ra.o.se.yo
趕快回來。

어서 먹어요！
o*.so*/mo*.go*.yo
趕快吃吧。

지금 당장 말해.
ji.geum/dang.jang/mal.he*
現在當場說。

인사 드려요.

in.sa/deu.ryo*.yo

打聲招呼。

track 128

說明

인사包含的意義有寒暄、問候、請安、打招呼、致禮、互通姓名、互相認識、禮儀、禮節、敬意、拜望、拜訪。

相關

왜 인사를 안해？
we*/in.sa.reul/an.he*
怎麼不打招呼？

고개를 숙여 인사하세요.
go.ge*.reul/su.gyo*/in.sa.ha.se.yo
請點頭打招呼。

인사 해요.
in.sa/he*.yo
來打聲招呼。

안녕하세요？ 처음 뵙겠습니다.
an.nyo*ng.ha.se.yo//cho*.eum/bwep.get.seum.ni.da
你好嗎？ 初次見面。

할아버지와 할머니께 인사했어요？
ha.ra.bo*.ji.wa/hal.mo*.ni.ge/in.sa.he*.so*.yo
跟爺爺奶奶問候過了嗎？

못 알아 들었어요.

mo/ta.ra/deu.ro*.sso*.yo

聽不懂。

track 129

說明

對方說的內容太艱深、用字不夠明確、立場含糊等，總之聽不懂就可以如此表達。

相關

예? 무슨 뜻이지?
ye//mu.seun/tteu.si.ji
你說什麼 ?什麼意思 ?

네 말을 이해할 수가 없어요.
ne/ ma.reul/ i.he*.hal/ su.ga/ o*p.so*.yo
我聽不懂你說的話。

이해가 안돼요.
i.he*.ga/an.dwe*.yo
不懂。

못 알아 들었습니다.
mo/ta.ra/deu.ro*.seum.ni.da
聽不懂。

이해가 안되네요.
i.he*.ka.an.dwe.ne.yo
我不懂。

안 들려.

an/deul.lyo*

聽不到。

track 130

說明

因為斷訊、雜音、太小聲等原因聽不見對方說的話，這時就可以如此表達。

相關

뭐라구요? 안 들려요.
mwo.ra.gu.yo//an/deul.lyo*yo*
你說什麼？我沒聽到。

못 들었어요.
mot/deu.ro.sso*.yo
我沒有聽見。

잘 못 들었어요.
jal/mot/deu.ro*.sso*.yo
我沒有聽得很清楚。

잘못 들었어요.
jal/mot/deu.ro*.sso*.yo
聽錯了。

잘 안 들립니다.
jal/an/deul.lim.ni.da
抱歉沒聽到。

다시
da.si
再一次

track 131

說明

請對方再重複一次，或是中斷的事情，再繼續做時，都可以用다시來表達。

相關

다시 한번 말씀해주세요.
da.si/han/bo*n/mal.sseum.he*.ju.se.yo
請再說一次。

會話

A：이메일 보냈어요. 확인해보세요.
i.me.il/bo.ne*.so*.yo//hwak.in.he*.bo.se.yo
我寄e-mail給您了。請確認。

B：앗, 못 받았는데.
at//mot/ba.dan.neun.de
喔，沒有收到喔。

A：이메일 주소 다시알려주세요.
i.me.il/ju.so/da.si.al.lyo*.ju.se.yo
請再給我一次你的e-mail。

A：맞는데, 그럼 다시 보내드릴게요.
man.neun.de//geu.ro*m/da.si/bo.ne*.deu.ril.ge.yo
沒錯啊，那麼我再寄一次。

아직도, 여전히

a.jik.do//yo*.jo*n.hi

仍然，還是

track 132

說明

原本的狀態，至今仍然維持著，要形容說明這狀態時可以加上아직도或여전히來表示都還沒有變的意思。

相關

컴퓨터 아직도 다운되어 있어요？
com.pyu.to*/a.jik.do/da.un.dwe.o*/i.sso*.yo
電腦還在當機中嗎？

여전히 그렇게 젊어 보이네요.
yo*.jo*n.hi/geu.ro*.ke/jo*l.mo*/bo.i.ne.yo
你還是看起來那麼年輕。

아직늦지 않았어요.
a.jik.neut.ji/a.na.sso*.yo
現在還不遲。

會話

A：다했어요？
da.he*.sso*.yo
都做完了嗎？

B：아직.
a.jik
還沒。

역시
yo*k.si
果然

track 133

說明

有時會只說역시兩個字，果然......省略後文，基本上表達的意思就是，果然不出我所預料，果然跟我想的一樣，果然不虧是某某人之意。

相關

역시 선생님이 최고야.
yo*k.si/ so*n.se*ng.ni.mi/ chew.go.ya
果然還是老師最棒了！

역시 엄마가 나를 가장 잘 알아요.
yo*k.si/ o*m.ma.ga/ na.reul/ ga.jang/ jal/ ra.ra.yo
果然還是媽媽最了解我了。

잘한다！ 역시 우리 아들이야.
jal.han.da/ yo*k.si/ u.ri/ a.deu.ri.ya
做得好 ！果然是我的兒子(最棒)。

會話

A：비가와서 제임스가 못온다고했어요.
bi.ga.wa.so*/ je.im.seu.ga/ mot.on.da.go.he*.so*.yo
詹姆士說因為下雨所以不能來了。

B：역시, 난 그런 줄 알았어요.
yo*k.si// nan/ geu.ro*n/ jul/ a.ra.so*.yo
果然，我就知道會這樣。

혼자 있고싶어요.

hon.ja/it.go.si.po*.yo

我想要獨處一下。

track 134

說明

혼자就是一個人、單獨的意思。沒有其他人在旁邊、伴隨的意思。

相關

지금 혼자있어요.
ji.geum/ hon.ja.i.so*.yo
我現在一個人。

혼자있어도 외롭지않아요.
hon.ja.i.so*.do/ we.rop.ji.a.na.yo
即使一個人也不覺得寂寞。

심야에 단독 행동은 삼가해주세요.
sim.ya.e*/ dan.dok/ he*ng.dong.eun/ sam.ga.he*.ju.se.yo
請不要單獨在深夜裡行動。

나는 그와 단둘이서 즐거운 시간을 보냈어요.
na.neun/ geu.wa/ dan.du.ri.so*/ jeul.go*.un/ si.ga.neul/ bo.ne*.so*.yo
我和他單獨兩個人度過了愉快的時光。

단둘이 얘기를 나누고 싶은데.
dan.du.ri/ ye*.gi.reul/ na.nu.go/ si.peun.de
我想和你單獨談一談。

고독을 느껴요?

go.do.geul/ neu.gyo*.yo

你覺得孤獨嗎?

track 135

說明

孤獨是內心的感覺，覺得很寂寞、沒人懂自己、和自己站在同一邊、伴隨自己之意。跟很多人在一起也有可能感到孤獨，自己獨自一人時也有可能不覺得孤獨。

相關

자주 외로움을 느껴요?
ja.ju/ we.ro.u.meul/ neu.gyo*.yo
你常常覺得寂寞嗎?

그 남자의 뒷모습은 아주 쓸쓸하다.
geu/ nam.ja.ui/ dwi.mo.seu.beun/ a.ju/ sseul.sseul.ha.da
那男人的背影很孤獨。

난 군대에 가기 싫어. 외로울까봐.
nan/ gun.de*.e/ ga.gi/ si.ro*// we.ro.ul.ga.bwa
我不想去當兵。應該會很寂寞。

외롭다 생각하지마. 난 니 옆에 있어.
we.rop.da/ se*ng.ga.ka.ji.ma//nan/ ni/ yo*.pe/ i.so*
不要覺得孤獨。我就在你身邊。

혼자 선 나무, 나랑 비슷해요.
hon.ja/ so*n/ na.mu// na.rang/ bi.seu.te*.yo
獨自站立的樹，就像我一樣。

똑같다.

dok.gat.da

一模一樣。

track 136

說明

完全一樣，真是一模一樣的意思。看到人家在模仿誰，覺得真的很像的時候就可以如此表達。

相關

그녀의 말투는 지은이랑 똑같다.
geu.nyo*.ui/ mal.tu.neun/ ji.eun.i.rang/ dok.gat.da
她講話的口氣和智恩一模一樣。

두 사람는 키가 똑같다.
du/ sa.ram.neun/ ki.ga/ dok.gat.da
兩個人身高一樣。

그 아이가하는 걸 보면 그의 아버지와 똑같다.
geu/ a.i.ga.ha.neun/ go*l/ bo.myo*n/ geu.ui/ a.bo*.ji.wa/ dok.gat.da
看那孩子做的事，跟他爸爸一模一樣。

會話

A：어떻게 지내세요？
o*.do*.ke/ji.ne*.se.yo
最近過得如何？

B：응, 늘 똑같지, 뭐.
eung// neul/ dok.gat.ji// mwo
嗯，不就都一樣。

같다.

gat.da

一樣。

track 137

說明

前面加兩個名詞可以表示什麼和什麼一樣。另外有表示就像......一樣，跟......一樣的意思。

相關

이런 날씨는 진짜 영국이랑 같아요.
i.ro*n/ nal.ssi.neun/ jin.jja/ yo*ng.gu.gi.rang/ ga.ta.yo
這種天氣真是跟英國一樣。

지금 생각해 보니, 꿈만 같아요.
ji.geum/ se*ng.ga.ke*/ bo.ni// gum.man/ ga.ta.yo
現在想想，就像是一場夢。

나랑 미나는 같은 방을 쓰고있어요.
na.rang/ mi.na.neun/ ga.teun/ bang.eul/ sseu.go.i.sso*.yo
我和美娜使用同一個房間。

會話

A：전 녹차로 하겠어요.
jo*n/ nok.cha.ro/ ha.ge.so*.yo
我要綠茶。

B：저도 같은 걸로 주세요.
jo*.do/ ga.teun/ go*l.lo/ ju.se.yo
我也一樣。

우리 같이 밥을 먹었어요.

u.li/ ga.chi/ ba.beul/ mo*.go*.sso*.yo

我們一起吃飯了。

track 138

說明

같이就是一起的意思。같이 가요？（要一起去嗎？）

다 같이（全部的人一起）。

相關

나와 함께 일을 하자.

na.wa/ ham.ge/ i.reul/ha.ja

和我一起做事吧。

會話

A：누구랑 같이있어요？

nu.gu.rang/ ga.chi.i.sso*.yo

你和誰在一起？

B：친구와 같이있어요.

chin.gu.wa/ ga.chi.i.sso*.yo

我和朋友在一起。

會話

C：누구랑 같이 가요？

nu.gu.rang/ ga.chi/ ga.yo

你要和誰一起去？

D：영호씨랑 같이 가요.

yo*ng.ho.ssi.rang/ ga.chi/ ga.yo

我要和英浩一起去。

언제나.

o*n.je.na

無論何時

track 139

說明

表示沒有受時間限制，隨時都可以的意思。有時候是客套話，強調歡迎對方的意思。例如對方雖然說隨時可以打電話，但在半夜打去的話可能就會失禮了。

相關

당신은 언제나 환영입니다.
dang.sin.eun/ o*n.je.na/ hwan.yo*ng.im.ni.da
無論何時(我們)都歡迎你。

언제나 너를 지켜줄게.
o*n.je.na/ no*.reul/ ji.kyo*.jul.ge
無論何時我都會看顧守護你。

그들은 거의 언제나 지각을 한다.
geu.deu.reun/ go*.ui/ o*n.je.na/ ji.ga.geul/ han.da
他們幾乎每次都遲到。

會話

A：언제 전화하면 좋아요？
o*n.je/ jo*n.hwa.ha.myo*n/ jo.a.yo
我什麼時候打電話比較好？

B：언제나.
o*n.je.na
隨時。

설마……

so*l.ma

該不會……

track 140

說明

對於意想不到的事情似乎已經發生，察覺到、猜測到時，通常會這麼問，該不會就像我猜測的這樣吧？

相關

설마 이미 알고계세요？

so*l.ma/ i.mi/ al.go.gye.se.yo

你該不會已經知道了？

설마 다 잊어버렸어요？

so*l.ma/ da/ i.jo*.bo*.ryo*.sso*.yo

你該不會是都忘了吧？

설마 그말을 진짜 믿는 건 아니겠지？

so*l.ma/ geu.ma.reul/ jin.jja/ min.neun/ go*n/ a.ni.get.ji

你該不會真的相信那些話吧？

會話

A：설마 해영씨도 같이 가고싶어요？

so*l.ma/ he*.yo*ng.ssi.do/ ga.chi/ ga.go.si.po*.yo

海英該不會也想要一起去吧？

B：응, 같이 가야죠.

eung// ga.chi/ ga.ya.jyo

嗯，要一起去啊。

혹시……

hok.si

是否……

track 141

說明

如果、或許、可能，表示推測，請求或詢問別人問題時加上這個字會有比較委婉的感覺，有一點「是否可能」、「可以的話」那樣的意味。

相關

혹시 보라씨가 오면 이것좀 받아 달라고 해줘요.

hok.si/ bo.ra.ssi.ga/ o.myo*n/ i.go*t.jom/ ba.da/ dal.la.go/ he*.jwo.yo

如果寶拉來了的話，請她收下這個。

혹시 회장님 전화가 오면 알려주세요.

hok.si/ hwe.jang.nim/ jo*n.hwa.ga/ o.myo*n/ al.lyo*.ju.se.yo

如果會長打電話來，請告訴我一聲。

혹시 회장님 전화가 오면 전달해주세요.

hok.si/ hwe.jang.nim/ jo*n.hwa.ga/ o.myo*n/ jo*n.dal.he*.ju.se.yo

如果會長打電話來，請轉達他。

혹시 내 이름을 몰라요？

hok.si/ ne*/ i.reu.meul/ mol.la.yo

你是不是不知道我的名字。

벌써
bo*l.sso*
已經

track 142

說明

想要表達事情比預料的還快，或已經是很久以前了，或不知不覺中發生了這樣的事情，就會加上這個詞，中文意思就是已經、早就。

相關

벌써3년이에요.
bo*l.sso*.sam.nyo*n.i.e.yo
已經3年了。

벌써 시작했구나.
bo*l.sso*/ si.ja.ke*t.gu.na
原來已經開始了。

벌써 유럽으로 가셨나요?
bo*l.so*/ yu.ro*.beu.ro/ ga.syo*n.na.yo
已經去歐洲了？

벌써 퇴근하십니까?
bo*l.sso*/ twe.geun.ha.sim.ni.ga
你已經要下班了？

벌써 이혼했어?
bo*l.sso*/ i.hon.he*.so*
已經離婚了？

당연하지.

dang.yo*n.ha.ji

當然

track 143

說明

強調非常同意別人的說法之外，還有一點無庸置疑、本來就應該這樣、不用講也知道的意味。

相關

당연히 도와줘야지.
dang.yo*n.hi/ do.wa.jwo.ya.ji
當然要幫忙囉。

會話

A：내편이에요?
ne*.pyo*n.i.e.yo
你站在我這邊嗎？

B：당연하지.
dang.yo*n.ha.ji
當然。

會話

C：내곁에 있을거에요?
ne*.gyo*.te/ i.sseul.go*.e.yo
你會在我身邊嗎？

D：물론.
mul.lon
當然。

문 좀 열어줘.

mun/ jom/ yo*.ro*.jwo

幫我開門。

track 144

說明

這裡整理一些非電器類的開和關，開門、信封、包裹、電子郵件，敞開心門都適用。

相關

문을 열어주지 않았어.
mu.neul/ yo*.ro*.ju.ji/ a.na.so*
我沒有開門。

선물 열어보세요.
so*n.mul/ yo*.ro*.bo.se.yo
打開禮物看看。

창문 좀 닫아 주세요.
chang.mun/ jom/ da.da/ ju.se.yo
請關一下窗戶。

會話

A：이 병을 열어 주세요.
i/ byo*ng.eul/ yo*.ro*.ju.se.yo
幫我開一下這瓶子。

B：오프너 줘.
o.peu.no*/ jwo
開罐器給我。

히터를 켜주세요.

hi.to*.reul/ kyo*.ju.se.yo

請開一下暖氣。

track 145

說明

電器類的開和關，包括電燈、冷氣、電視、廣播、電腦...等等。

相關

라디오가 켜져있다.
ra.di.o.ga/ kyo*.jyo*.it.da
廣播開著。

난방 켰어요？
nan.bang/ kyo.sso*.yo
暖房有開嗎？

불을 꺼 주시겠어요？
bu.reul/ go*/ ju.si.ge.so*.yo
可以幫忙關燈一下嗎？

會話

A：에어컨 켜 주세요
e.o*.ko*n/ kyo*/ ju.se.yo
請開冷氣。

B：켜져 있어요.
kyo*.jyo*/ i.so*.yo
已經是開著的。

나가！

na.ga

出去！

track 146

說明

這是命令句，很強烈的叫人家出去，走開的意思。想要委婉一些的話，可以在語尾使用請的句型，變成나가주세요（請你出去）。

相關

어디 좀 나가 있었어요.
o*.di/ jom/ na.ga/ i.sso*.sso*.yo
我剛才出去了一會。

몇 년 동안 해외에 나가 있을거예요.
myo*t/ nyo*n.dong.an/ he*.we.e/ na.ga/ i.seul.go*.ye.yo
我會去海外待幾年。

당장 나가요！
dang.jang/ na.ga.yo
馬上給我出去！

그가 나가 버렸어요.
geu.ga/ na.ga/ bo*.ryo*.so*.yo
他出去了。

비켜주세요.
bi.kyo*.ju.se.yo
請閃開。/請讓路。/請迴避。

나와！
na.wa
出來！

track 147

說明

別人在某個空間裡面，自己則在那空間外面，命令對方從那裏出來到自己這邊的意思，例如從車、房間、家、裡出來。委婉表達就是나와주세요（請你出來）。

相關

당장 나와！
dang.jang/ na.wa
馬上出來！

거기서 당장 나와！
go*.gi.so*/ dang.jang/ na.wa
馬上從那個地方出來！

그녀는 하루 종일 방에서 나오지 않았다.
geu.nyo*.neun/ ha.ru/ jong.il/ bang.e.so*/ na.o.ji/ a.nat.da
她一整天都待在房裡不出來。

그 잡지는 매달 한번 출판된다.
geu/ jap.ji.neun/ me*.dal/ han.bo*n/ chul.pan.dwen.da
那本雜誌一個月出刊一次。

뜨거운 물이 안 나와요.
deu.go*.un/ mu.ri/ an/ na.wa.yo
(水龍頭)沒有熱水。

들어 오세요.

deu.ro*/ o.se.yo

請進。

track 148

說明

別人敲門時，想要請對方進來，會用這句來表達。

相關

노크 좀 하고 들어와.

no.keu/ jom/ ha.go/ deu.ro*.wa

進來前請先敲門。

會話

A：똑똑똑.

ttok.ttok.ttok

叩叩叩。

B：누구세요？

nu.gu.se.yo

是誰？

A：나야.

na.ya.

是我。

B：들어 오세요.

deu.ro*/ o.se.yo

請進。

돌아오세요.

do.ra.o.se.yo

請回來吧。

track 149

說明

本來在一處的人，離開之後，請對方回來的意思。回家、回辦公室、回國、回到我身邊等都可以如此使用。

相關

돌아와요.

do.ra.wa.yo

回來喔。

현실로 돌아왔어요.

hyo*n.sil.lo/ do.ra.wa.sso*.yo

回到了現實。

영광스럽게 돌아왔어요.

yo*ng.gwang.seu.ro*p.ge/ do.ra.wa.sso*.yo

光榮地回來了。

會話

A：언제 돌아와요?

o*n.je/ do.ra.wa.yo

你什麼時候回來？

B：설날에 돌아온다.

so*l.la.re/ do.ra.on.da

農曆新年時回來。

너밖에 없어.

no*.ba.ge/ o*p.so*

還是你最好了！ /我只有你了！

track 150

說明

字面上的意思是除了你以外沒有別人了，使用這句時可以表達我只有你一人啊！只有你對我最好！有時也有我只愛你一人的意思喔。

相關

믿을 사람은 너밖에 없다.
mi.deul/ sa.ra.meun/ no*.ba.ge/ o*p.da
除了你我沒有別人可以相信了。

난 역시 해영이 밖에 없어.
nan/ yo*k.si/ he*.yo*ng.i/ ba.ge/ o*p.so*
我果然只有海英了。/果然只有海英對我最好了。

사고싶은 물건은 이것 밖에 없어.
sa.go.si.peun/ mul.go*.neun/ i.go*t/ ba.ge/ o*p.so*
我想買的東西只有這個。

지금 지갑 안에 만 원 밖에 없어요.
ji.geum/ ji.gap/ a.ne/ man/ won/ ba.ge/ o*p.so*.yo
我現在錢包裡只有一萬圜了。

기다리는 수 밖에 없이요.
gi.da.ri.neun/ su/ ba.ge/ o*p.so*.yo
現在只能等了。

아까워요.

a.ga.wo.yo

好可惜啊。

track 151

說明

這句可適用於食物掉到地上、不捨得花錢、浪費時間等類似情況中，覺得可惜的心情。

相關

아깝다.
a.gap.da
真可惜。

이 가방은 버리기 아깝다.
i/ ga.bang.eun/ bo*.ri.gi/ a.gap.da
丟掉這包包好可惜。

아쉬워요.
a.swi.wo.yo
好可惜。

시간이 있으면 좋겠지만 정말 아쉬워요.
si.gan.i/ i.seu.myo*n/ jo.ket.ji.man/ jo*ng.mal/ a.swi.wo.yo
如果有時間就好了，真的好可惜。

안타까워요.
an.ta.ga.wo.yo
好惋惜。

솔직히
sol.ji.ki
老實説

track 152

說明

這是副詞，老實地、據實地。希望對方誠實地說出內心話，說出他真正的感受與想法時會用到這個詞。

相關

우리 솔직하게 얘기하자.
u.ri/ sol.ji.ka.ge/ ye*.gi.ha.ja
我們真心地來對話吧。

나에게 솔직하게 말해봐요.
na.e.ge/ sol.ji.ka.ge/ mal.he*.bwa.yo
你老實地跟我説吧。

솔직히 말하면, 내가 열쇠를 잃어버렸어.
sol.ji.ki/ mal.ha.myo*n// ne*.ga/ yo*l.swe.reul/ i.ro*.bo*.ryo*.so*
老實説，我把鑰匙給弄丟了。

會話

A：솔직하게 말씀드려도 될까요？
sol.ji.ka.ge/ mal.sseum.deu.ryo*.do/ dwel.ga.yo
我可以老實地跟您説一句話嗎？

B：응,말해봐.
eung// mal.he*.bwa
嗯，你説説看。

밤을 새웠어요.

ba.meul/ se*.wo.sso*.yo

我熬夜了。

track 153

說明

這具用來表達因為工作、遊戲玩樂或照顧病人等等狀況，整個晚上都沒有睡覺的情況。

相關

어제 밤새 공부를 했어요.
o*.je/ bam.se*/ gong.bu.reul/ he*.sso*.yo
我昨天熬夜念書了。

그는 밤새 일했어요.
geu.neun/ bam.se*/ il.he*.sso*.yo
他熬夜工作了。

난 어제 철야했다.
nan/ o*.je/ cho*.rya.he*t.da
我昨天徹夜沒睡。

會話

A：왜 이렇게 피곤해 보여？
we*/ i.lo*.ke/ pi.gon.he*/ bo.yo*
你為何看起來很累？

B：나어제 공부하며 밤새웠다.
na/ o*.je/ gong.bu.ha.myo*/ bam.se*.wot.da
我昨天熬夜讀書了。

데려다줄게.

de.ryo*da.jul.ge

我送你。

track 154

說明

這句的意思是我送你，我帶你去那個地方，我開車載你去，或者我引導你陪你一起走過去。

相關

나 데려다줄래?
na/ de.ryo*.da/ jul.le*
你可以送我嗎?

저 좀 태워 주실래요?
jo*/jom/ te*.wo/ ju.sil.le*.yo
你可以載我回家嗎?

집까지 태워 드릴까요?
jip.ga.ji/ te*.wo/ deu.ril.ga.yo
要載你回家嗎?

會話

A：나 데려다 줄 수 있어?
na/ de.ryo*.da/ jul/ su.i.sso*
你可以送我嗎?

B：네, 데려다줄게요.
ne// de.ryo*.da.jul.ge.yo
好，我送你。

끝까지
geut.ga.ji
到最後為止

track 155

說明

電影或故事結束時，最後就會出現끝這個字，就是結束了的意思。

相關

끝.
geut
結束。

이것은 끝이 아니에요.
i.go*.seun/ geu.chi/ a.ni.e.yo
這還沒有結束。

일이 끝이없이 계속 와요.
i.ri/ geu.chi.o*p.si/ gye.sok/ wa.yo
事情永無止境湧來。

끝까지 참아야 돼요.
geut.ga.ji/ cha.ma.ya/ dwe*.yo
要忍耐到底。

끝까지 나를 기다려.
geut.ga.ji/ na.reul/ gi.da.ryo*
等我等到最後吧。

살려줘！

sal.lyo*.jwo

救命啊！

track 156

說明

發生緊急狀況，有生命危險時，要喊救命啊！就是살려주세요！

相關

살려주세요！
sal.lyo*.ju.se.yo
救命啊！

사람 살려！
sa.ram/ sal.lyo*
救人啊！

구원해 주십시오.
gu.won.he*/ ju.sip.si.o
請救援我。

도와줘요.
do.wa.jwo.yo
幫助我。

도와주세요.
do.wa.ju.se.yo
請幫助我。

다쳤어요.

da.chyo*.sso*.yo

受傷了。

track 157

說明

這句前面再加上主詞，就可以明確表達是誰受傷了。如果單純只說다쳤어요意思就是我受傷了。語尾上揚變成疑問句다쳤어요？就變成你受傷了嗎？

相關

피 나요.
pi/ na.yo
流血了。

발을 삐었어요.
ba.reul/ bi.o*.sso*.yo
腳扭傷了。

어지러워.
o*.ji.lo*.wo
好暈。

누군가 쓰러졌어요.
nu.gun.ka/sseu.lo*.jyo.sso*.yo
有人昏倒了。

그는 더위먹었어요.
geu.neun/do*.wi. mo*.go*.sso*.yo
他中暑了。

위험해요！

wi.ho*m.he*.yo

危險！

track 158

說明

這句就是危險、小心、注意的意思。위험跟台語發音有點像吧？

相關

강도가 있어요！
kang.do.ga/ i.sso*.yo
有強盜！

내 가방을 훔쳐갔어요.
ne*/ ga.bang.eul /hum.chyo*.ga.sso*.yo
我的包包被偷了。

여권을 잃어버렸어요.
yo*.gwo.neul/ i.ro*.bo*.ryo*.sso*.yo
我的護照弄丟了。

비행기를 놓쳤어요.
bi.he*ng.gi.reul/ no.chyo*.sso*.yo
我錯過飛機了。

길을 잃었어요.
gi.reul/ i.ro*.sso*.yo
我迷路了。

큰일나다!
keun.il.na.da
大事不妙!

track 159

說明

出了大事，糟糕了、闖禍了！這樣的意思。當發生意料之外而且具有衝擊性的事情時就會這麼說。

相關

큰일날 뻔 했어.
keun.il.nal/ bo*n/ he*.sso*
差點出了大事。

큰일났다.
keun.il.nat.da .
糟糕了！

會話

A：큰일났어요.
keun.il.na.sso*.yo
發生大事了。

B：왜요?
we*.yo
怎麼了?

A：열쇠를 깜빡했어요.
yo*l.swe.reul/gam.ba.ke*.sso*.yo
我忘了帶鑰匙。

도망가자！

do.mang.ga.ja

我們快逃！

track 160

說明

遇到緊急的危險，像是遇到壞人，就會用這句話，表示我們快逃的意思。

相關

그 사람 양아치 같아, 우리 빨리가자！

keu/sa.ram/yang.a.chi/ka.ta//u.ri.bal.li.ka.ja

那個人看起來像是流氓，我們快走吧！

몰래 몰래 여기를 떠나자.

mol.le*/ mol.le*/ yo*.gi.reul/ do*.na.ja

我們不動聲色地離開這裡吧。

빨리 도망 가！

bal.li/do.mang.ka

快逃！

그냥 빨리가.

keu.nyang/bal.li.ka

快走就對了。

빨리가자.

bal.li.ka.ja

我們趕快走吧。

감기 걸렸어요.

gam.gi/ go*l.lyo*.sso*.yo

我感冒了。

track 161

說明

用這句表達自己感冒了，前面加其他人名，就是那個人感冒了的意思。

相關

코가 막혔어요.

ko.ga/ma.kyo*.sso*.yo

鼻塞了。

기침해요.

gi.chim.he*yo

咳嗽。

열 나요?

yo*l/na.yo

有發燒嗎？

체온이 몇도예요?

che*.o.ni/myo*t.do.ye.yo

體溫是幾度？

약을 먹어야돼?

ya.geul/mo*.go*.ya.dwe*

一定要吃藥嗎？

말도 안돼.

mal.do/an.dwe*

不像話

track 162

說明

聽到非常不合理、沒有禮貌、不妥當、很誇張的事情時，可以用這句來表示不同意那說法，怎麼可能、亂說、不像話的意思。

相關

그건 말도 안돼！
geu.go*n/ mal.do/ an.dwe*
那真是不像話！

이 가격은 진짜 말도 안돼.
i/ga.gyo*.geun/jin.jja/mal.do/an.dwe*
這價格真是不像話。

會話

A：지은씨, 난 군대에 간다. 나와 같이 갈래？
ji.eun.ssi// nan/ gun.de*.e/ gan.da.. na.wa/ ga.chi/ gal.le*
智恩，我要去當兵了。妳要跟我一起去嗎？

B：내가？ 군대에 가라구요？ 말도 안돼요！
ne*/ga// gun.de*.e/ga.ra.gu.yo//mal.do/an.dwe*.yo
我嗎？叫我去當兵？怎麼可能！

A：아니, 나를 배웅해달라고 하는 말이야.
a.ni//na.reul/be*.ung.he*.dal.la.go/ha.neun/ma.ri.ya
不是啦，我是說請妳來為我送行。

아파요.

a.pa.yo

好痛。

track 163

說明

受傷、被打、落枕等情況，或者心痛都可以用這句話表達。

相關

허리가 아파요.
ho*.ri.ga/ a.pa.yo
腰好痛。

다리가 아파요.
da.ri.ga/ a.pa.yo
腳好痛。/腿好痠。

그는 친구의 성공을 배 아파했다.
geu.neun/ chin.gu.ui/ so*ng.gong.eul/ be*/ a.pa.he*t.da
他忌妒他朋友的成功。(字義： 他因為朋友成功肚子就痛了。)

會話

A：마음이 아파요.
ma.eu.mi/ a.pa.yo
我的心好痛。

B：아프지 마세요.
a.peu.ji/ ma.se.yo
不要傷心。

기분이 나빠요.

gi.bu.ni/ na.ba.yo

我心情不好。

track 164

說明

說明自己心情不好，可能因為某件事或某些原因，想要表達出來時就可以這麼說。

相關

몸이 아파서 기분이 안 좋아요.
mo.mi/ a.pa.so*/ gi.bu.ni/ an/ jo.a.yo
身體不舒服所以心情不好。

그는 병에 걸렸어요.
geu.neun/ byo*ng.e/ go*l.lyo*.so*.yo
他生病了。

슬퍼요.
seul.po*.yo
真傷心。

우울해요.
u.ul.he*.yo
好憂鬱。

나쁜 생각 다 버려야 돼요.
na.beun/ se*ng.gak/ da/ bo*.ryo*.ya/ dwe*.yo
不好的想法都要丟掉才行。

버려요.

bo*.ryo*.yo

請丟掉。

track 165

說明

請對方丟棄某個東西時可以這麼說，具體的事物或抽象的皆適用。

相關

방안에 필요없고 안 좋아하는 물건을 다 버려요.

bang.a.ne/ pi.ryo.o*p.go/ an/ jo.a.ha.neun/ mul.go*.neul/ da/ bo*.ryo*.yo

把房間裡不必要且不喜歡的東西全都丟掉。

쓰레기 버리세요.

sseu.re.gi/ bo*.ri.se.yo

請你倒垃圾。

볼팬 떨어졌어요.

bol.pe*n/ do*.ro*.jyo*.so*.yo

你的筆掉到地上了。

그것 버리세요.

geu.go*t/ bo*.ri.se.yo

請把那東西丟了。

나쁜 습관 버려요.

na.beun/ seup.gwan/ bo*.ryo*.yo

請丟棄不好的習慣。

진정 하세요.

jin.jo*ng/ ha.se.yo

請冷靜下來。

track 166

說明

面對生氣、快要抓狂、極度緊張、擔心的人，說진정하세요（請冷靜下來）。安撫他的內心的一句話。

相關

냉정하세요.
ne*ng.jo*ng.ha.se.yo
請冷靜下來。

조급해 하지 마세요.
jo.geu.pe*/ ha.ji/ ma.se.yo
不要急。

그러지 마세요.
geu.ro*.ji/ ma.se.yo
不要這樣嘛。

이성을 찾아요.
i.so*ng.eul/ cha.ja.yo
請找回你的理性。

화 푸십시오.
hwa/ pu.sip.si.o
請息怒。

조용히해！
jo.yong.hi.he*
安靜！

track 167

說明

太吵了，希望有安靜的空間時，조용히해！是責罵的語氣。想要有禮貌地請人放低音量則是說조용히 해주세요.

相關

조용히 해주세요.
jo.yong.hi/ he*.ju.se.yo
請安靜。

큰소리 치면 안돼요.
keun.so.ri/ chi.myo*n/ an.dwe*.yo
不要發出太大的聲音。

너무 시끄러워.
no*.mu/ si.geu.ro*.wo
太吵了。

다들 조용히하세요.
da.deul/ jo.yong.hi.ha.se.yo
大家請安靜。

소리 낮춰주세요.
so.ri/ nat.chwo.ju.se.yo
請降低音量。

충격을 받았어요.

chung.gyo*.geul/ ba.da.sso*.yo

我非常感到震驚。

track 168

說明

看到或聽到某個消息事件，感到太驚訝，受到衝擊時所說的話。

相關

쇼크를 받았어요.
syo.keu.reul/ ba.da.so*.yo
我受到衝擊了。

會話

A：상민씨 왜 그렇게 멍하게 있어요？
sang.min.ssi/ we*/ geu.ro*.ke/ mo*ng.ha.ge/ i.sso*.yo
尚民怎麼呈呆滯狀況？

B：실성한것 같은데,아마 충격을 받아서 그런 것 같아.
sil.so*ng han.go*t/ ga.teun.de//a.ma/ chung.gyo*.geul/ ba.da.so*/ geu.ro*n.go*t/ ga.ta
瘋了一般。應該是受到了衝擊吧。

A：어떤 충격 이에요？
o*.do*n/ chung.gyo*k/ i.e.yo
什麼衝擊？

08 生活常用語

애타다.

e*.ta.da

心焦情急

track 169

說明

因為某事或某人感到很焦急，希望趕快達成某事的時候，可以用애타다（心焦情急）來形容這種心情。

相關

그는 애타게 지갑을 찾아요.
geu.neun/ e*.ta.ge/ ji.ga.beul/ cha.ja.yo
他心焦情急地找尋錢包。

더이상 애타게 하지 말아요.
do*.i.sang/ e*.ta.ge/ ha.ji/ ma.ra.yo
不要再讓我如此焦急了。

나는 그가 귀국할 날만 애타게 기다리고 있다.
na.neun/ geu.ga/ gwi.guk.hal/ nal.man/ e*.ta.ge/ gi.da.ri.go/ it.da
我心焦情急地只等待他回國的那一天。

그를 보고싶어 애탔어.
geu.reul/ bo.go.si.po*/ e*.ta.so*
我心焦情急地想見他。

애간장을 태웠어요.
e*.gan.jang.eul/ te*.wo.so*.yo
我真是心焦情急。/我非常擔心。

답답해요.

dap.da.pe*.yo

好鬱悶。

track 170

說明

空間太小、太窄、別人動作太慢、空氣不流通、很擔心、覺得吊胃口、無趣、 不合自己心意時都會用답답해요來形容這種心情。

相關

이 집은 너무 답답하다.
i/ ji.beun/ no*.mu/ dap.da.pa.da
這個房子太窄了。

방 안에만 있으니까 너무 답답하다.
bang/ a.ne.man/ i.seu.ni.ga/ no*.mu/ dap.da.pa.da.
只待在房間裡太悶了。

會話

A：정말 답답해.
jo*ng.mal/ dap.da.pe*
我真是鬱悶。

B：왜요？
we*.yo
怎麼了？

A：말이 안통하니 답답해.
ma.ri/ an.tong.ha.ni/ dap.da.pe*
話講不通真鬱悶。

상관하지 마.

sang.gwan.ha.ji.ma

你不要管。

track 171

說明

這句意思就是不要來干涉我，與你無關的意思，是蠻強烈的不滿情緒，須小心使用，即使加了請這個字，仍然可能會傷害到對方的心喔。

相關

상관하지 마세요.

sang.gwan.ha.ji/ ma.se.yo

請你不要管。

그게 당신과 무슨 상관 있나요?

geu.ge/ dang.sin.gwa/ mu.seun/ sang.gwa/ it.na.yo

那與你何干?

누가 뭐라고 하든 상관없다.

nu.ga/ mwo.la.go/ha.deun/ sang.gwan.o*p.da

我不在意別人說什麼。

會話

A：물이나 주스를 드실래요?

mu.ri.na/ ju.seu.reul/ deu.sil.le*.yo

你要喝水或是果汁嗎 ?

B：아무거나 상관없어요.

a.mu.go*.na/ sang.gwan.o*p.so*.yo

我隨便都可以。

마음대로 하세요.

ma.eum.de*.ro/ha.se.yo

請隨意。

track 172

說明

按照你的心意去做吧！你想做什麼就做吧！根據表情和語氣不同可能是真的請你隨意，也可能是賭氣時說的「隨便你」的意思。

相關

마음대로 해.
ma.eum.de*.ro/ he*
隨便你。/按你心意做吧。

마음대로 해라.
ma.eum.de*.ro/he*.ra
隨你意去做吧。

나는 상관없어.
na.neun/ sang.gwan.o*p.so*
我不管。/我不在意。

그래, 왜?
geu.re*// we*
那又怎樣？

편하게 즐기세요.
pyo*n.ha.ge/ jeul.gi.se.yo
請舒適地享受。

너 때문에……

no*. de*.mu.ne

都是因為你……

track 173

說明

這句是責怪別人時說的，說都是因為對方所以事情才變成這樣。其實不一定都是因為對方，但因為生氣，還是會有人不小心脫口而出。

相關

너 때문에 정말 짜증나！
no*/ de*.mu.ne/ jo*ng.mal/ jja.jeung.na
都是你啦，好煩！

내가 너 때문에 미치겠다.
ne*.ga/ no*/ de*.mu.ne/ mi.chi.get.da
我因為你快瘋了。

會話

A：너 때문에 나 지금 잠이안와.
no*/ de*.mu.ne/ na/ ji.geum/ ja.mi.an.wa
都是因為你我現在睡不著了。

B：아니, 니가 커피을 마셔서 잠이 안오는 거지. 나 때문이 아니야.
a.ni// ni.ga/ ko*.pi.eul/ ma.syo*.so*/ ja.mi/ an.o.neun/ko*.ji// na/ de*.mu.ni/ a.ni.ya
不是，你是因為喝了咖啡所以睡不著。不是因為我。

짜증나.

jja.jeung.na

好煩。

track 174

說明

感到很煩燥失去耐性，快要爆發時就會這麼說。這時候可以先避開對方，等對方平靜下來之後再跟他講話。

相關

머리가 복잡해.
mo*.ri.ga/ bok.ja.pe*
頭腦很複雜。

귀찮다.
gwi.chan.ta
好麻煩。

왜 짜증나요?
we*/ jja.jeung.na.yo
為何煩躁？

마음이 안 편해요.
ma.eu.mi/ an/ pyo*n.he*.yo
內心不平靜。

진짜 성질이 급하다.
jin.jja/ so*ng.ji.ri/ geu.pa.da
真是急性子。

어의없어.

o*.ui.o*p.so*

傻眼。/無話可説。

track 175

説明

遇到很荒唐的事，覺得真是太誇張了，或是對這件事或行為無話可説，不予置評的時候，就會這麼説。어이없이（傻眼）。

相關

할 말이 없다.
hal/ ma.ri/ o*p.da
無話可説。

어의없는 가격이다.
o*.ui.o*m.neun/ ga.gyo*.gi.da
這價格真是令人傻眼。

말씀 드릴 수 없습니다.
mal.sseum/ deu.ril/ su/ o*p.seum.ni.da
無可奉告。

會話

A：그 여자 좀 봐.
geu/ yo*.ja/ jom.bwa
你看那女的。

B：진짜 어의없어.
jin.jja/ o*.ui.o*p.so*
真是令人無言。

억울해.
o*.gul.he*
好冤枉。

track 176

說明

沒事被罵，沒有的事被說成有，被誤會……等等情況，感到委屈時就會這麼說。

相關

억울해요.
o*.gul.he*.yo
好冤枉喔。

會話

A：너무 억울해요.
no*.mu/ o*.gul.he*.yo
真是太冤枉了。

B：왜요?
we*.yo
怎麼了?

A：팀장님 나를 안 믿어요.
tim.jang.nim/ na.reul/ an/ mi.do*.yo
組長不相信我。

정신 차려！
jo*ng.sin/ cha.lyo*

振作一點！/提起精神吧！/恢復理智！/醒一醒啊！

track 177

說明

看到對方精神不振、不明確、渙散、不專心、不做該做的事、打瞌睡時，希望對方趕快恢復正常、炯炯有神、保持警醒時會用這一句。

相關

이제 좀 정신이 드세요？
i.je/ jom/ jo*ng.si.ni/ deu.se.yo
現在有比較清醒了嗎？

요즘 왜 이렇게 정신이 없어요？
yo.jeum/ we*/ i.ro*.ke/ jo*ng.si.ni/ o*p.so*.yo
最近你怎麼這麼精神不振？

바빠서 하루종일 정신이 하나도 없었다.
ba.ba.so*/ ha.ru.jong.il/ jo*ng.si.ni/ ha.na.do/ o*p.so*t.da
太忙了， 一整天都忙得不可開交。

기운을 내자！
gi.u.neul/ ne*.ja
加油喔！

파이팅！
pa.i.ting
加油！

그럴 일 없을걸.

geu.ro*l/ il/ o*p.seul.go*l

不會有那種事吧。

track 178

說明

聽到人家說什麼，覺得應該不是事實，不相信他所說的話，這時就可以這麼說。

相關

그런 일은 절때 없습니다.
geu.ro*n/ i.reun/ jo*l.de*/ o*p.seum.ni.da
絕對沒有那樣的事。

불가능해요.
bul.ga.neung.he*.yo
不可能。

會話

A：나 어제 시원이와 데이트를 했어요.
na/ o*.je/ si.wo.ni.wa/ de.i.teu.reul/ he*.so*.yo
我昨天和始源去約會了。

B：설마, 진짜요？
so*l.ma// jin.jja.yo
該不會…真的嗎？

C：그런 일은 절때 없습니다.
geu.ro*n/ i.reun/ jo*l.de*/ o*p.seum.ni.da
絕對沒有那樣的事。

어쩔 수 없어요.

o*.jjo*l/ su/ o*p.so*.yo

沒辦法。

track 179

說明

心裡不願意，但被人要求、拜託，或者情況所迫，不得不這麼做，這種時候就會說어쩔수 없어요（沒辦法）然後只好那麼做了。

相關

할 수 없이 샀어요.

hal/su.o*p.si/ sa.sso*.yo

只好買下來。

할 수 없이 받았어요.

hal/su.o*p.si/ ba.da.sso*.yo

只好收下來。

會話

A：막차는 이미 갔어요.

mak.cha.neun/ i.mi/ ga.sso*.yo

最後一班公車走了。

B：그럼, 어쩔 수 없어요.

geu.ro*m// o*.jjo*l/su/ o*p.sso*.yo

那就沒辦法了。

A：우리 택시를 타야겠다.

u.ri/ te*k.si.reul/ ta.ya.get.da

我們得搭計程車了。

오해예요.

o.he*.ye.yo

誤會啊。

track 180

説明

當別人誤解自己的心意，產生不好或不該有的看法時，就會這麼說。但只說這一句還不夠，誤會需要用對話解開，讓彼此的心都好受。

相關

그것은 오해예요.
geu.go*.seun/ o.he*.yc.yo
那是誤會啊。

나를 오해하지 마세요.
na.reul/ o.he*.ha.ji/ ma.se.yo
請不要誤會我。

오해를 풀어야 돼요.
o.he*.reul/pu.ro*.ya/dwe*yo
誤會必須要解開。

會話

A：왜 그런말을 했어요？
we*/geu.ro*n.ma.reul/he*.sso*.yo
你為什麼說那種話？

B：나는 안 그랬어요.
na.neun/ an/ geu.re*.sso*.yo
我沒有說那些話喔。

나 살 쪘어요.

na/ sal/ jjyo*.sso*.yo

我變胖了。

track 181

說明

一陣子不見的朋友，再次看見時，發現他變胖了，想說出來的話，就是살쪘어요（你變胖了）或者對方變瘦了，就是살 빠졌어요（你變瘦了）。

相關

호동씨, 살 빠졌어요.
ho.dong.ssi// sal/ ba.jyo*.sso*.yo
虎東你變瘦了。

저는 살을 빼야돼요.
jo*.neun/ sa.reul/ be*.ya/ dwe*.yo
我應該要減肥了。

너무 말랐어요.
no*.mu/ mal.la.sso*.yo
太瘦了。

지금도 예뻐요.
ji.geum.do/ ye.bo*.yo
現在這樣很漂亮。

날씬해요.
nal.ssin.he*.yo
你很苗條。

예뻐 졌어요.

ye.bo*/ jyo*.sso*.yo

妳變漂亮了。

track 182

說明

一陣子沒見的朋友變帥了！ 變漂亮了！這時適當地讚美，相信雙方心情都會變好喔。

相關

많이 변했네.
ma.ni/ byo*n.he*t.ne
變很多喔。

멋있어 졌어요.
mo*.si.sso*/jyo*.sso*.yo
變帥了。

똑같아.
dok.ga.ta
都沒變耶。

지금 더 여성스러워요.
ji.geum/ do*/ yo*.so*ng/ seu.ro*.wo.yo
現在更女性化了。

매력적인 남자가 되었네요.
me*.ryo*k.jo*.gin/ nam.ja.ga/ dwe.o*n.ne.yo
變成魅力型男了。

신경쓰지 마세요.

sin.gyo*ng.sseu.ji/ ma.se.yo

不用費心。

track 183

説明

신경的意思包含了神經、感覺、想法、關心、注意力。쓰다使用，加上請不要的語尾，合起來就是，請不要耗費精神，也就是不要費心，不必在意，我沒關係的意思。

會話

A：기다릴까？
gi.da.ril.ga
要等你嗎？

B：아냐, 신경 쓰지마.
a.nya// sin.gyo*ng/ sseu.ji.ma
不用，不用麻煩了。

會話

A：여기 앉을래요？
yo*.gi/ an.jeul.le*.yo
要坐這兒嗎？

B：신경쓰지 마세요. 서 있어도 괜찮아요.
sin.gyo*ng.sseu.ji/ ma.se.yo// so*.i.sso*.do/ gwe*n.cha.na.yo
沒關係。我站著也沒關係。

갈께요.

gal.ge.yo

我走了。

track 184

說明

原本在同一個地方待著，要離開此處，去別的地方時，可以用這句話갈 께요（我走了），跟留在原地的人打聲招呼再走。

相關

갈게.
gal.ge
走了。

먼저 돌아갈게.
mo*n.jo*/ do.ra.gal.ge
我先回去了。

난 먼저 간다.
nan/ mo*n.jo*/ gan.da
我先走了。

가보세요.
ga.bo.se.yo
走吧。

예, 금방 갈게.
ye// geum.bang/ gal.ge
好，我很快就去。

이만… /그럼……

i.man //geu.ro*m

告辭/那麼就這樣……

track 185

說明

이만到這裡，到此程度。그럼那麼，轉折語氣。這兩個詞都是準備結束這段對話，表示要離去的意思。

相關

이만 가봐야겠어요.
i.man/ ga.bwa.ya/ ge.sso*.yo
我似乎該走了。

그럼 먼저 가겠습니다.
geu.ro*m/ mo*n.jo*/ ga.get.seum.ni.da
那麼我就先告辭了。

오늘은 그만하자.
o.neu.reun/keu.man.ha.ja
今天就到此為止。

會話

A：그만 갈까?
keu.man/ gal.ga
要就此先走嗎？

B：응. 우리 가자.
eung//u.li/ ga.ja
好。我們走吧。

배고파요.

be*.go.pa.yo

我肚子餓。

track 186

説明

肚子餓了，想吃飯了，這時候就是用這個句子來表達。

會話

A：과자 좀 드실래요?
gwa.ja/ jom/ deu.sil.le*.yo
要吃點餅乾嗎？

B：나 밥 먹고싶어.
na/ bap/ mo*k.go.si.po*
我想吃飯。

A：응, 그럼 우리 밥먹자.
eung// geu.ro*m/ u.li/ bap/ mo*k.ja
嗯，那我們就去吃飯。

B：네! 좋아요!
ne// jo.a.yo
好！ 好棒喔！

A：완전 좋아하시네.
wan.jo*n/ jo.a.ha.si.ne
這麼高興啊！

힘들어.
him.deu.ro*

好累。

track 187

說明

感到疲憊，有點吃力時會說的話。例如搬重物、走遠路、做事而感到吃力、想休息時就會這麼說。

相關

힘들어요.
him.deu.ro*.yo
好累喔。

피곤해요.
pi.gon.he*.yo
好累喔。/好睏喔。

나는 그 힘든 일 때문에 피곤하다.
na.neun/ geu/ him.deun/ il/ de*.mu.ne/ pi.gon.ha.da
我因為那累人的事感到疲倦。

이 일에 질렸다.
i/i.re/jil.lyo*t.da .
我對這件事感到厭倦。

왜 그렇게 피곤해 보여요?
we*/ geu.ro*.ke/ pi.gon.he*/ bo.yo*.yo
你為何看起來那麼累？

고생했어요.

go.se*ng.he*.sso*.yo

委屈你了。/辛苦你了。

track 188

說明

고생有苦生，辛苦、累的意思。看到別人做事或承受一些辛苦的事情，想要給予安慰時說的一句話。現在還有고생하세요這詞出現，第一次聽到以為對方是在開玩笑，因為字面上意思是「請繼續受苦下去」「請繼續可憐下去」。後來才知道，這句和수고하세요都一樣是辛苦了、上班繼續加油的意思。

相關

고생 많으십니다.
go.se*ng/ ma.neu.sim.ni.da
真是辛苦您了。

고생하세요.
go.se*ng.ha.se.yo
辛苦了。

會話

A：고생이 많으셨죠？
go.se*ng.i/ma.neu.syo*t.jyo
很辛苦吧？

B：아니에요. 난 괜찮아요.
a.ni.e.yo// nan/ gwe*n.cha.na.yo
不會。我還好。

보냈어요.

bo.ne*.sso*.yo

寄給你了。

track 189

說明

已經寄了東西給對方，跟對方確認，提醒對方去收時，可以用這句來表達。

相關

문자 보냈어요.

mun.ja/ bo.ne*.sso*.yo

我傳簡訊給你了。

편지/소포/수표/팩스/이메일을 보냈어요.

pyo*n.ji //so.po //su.pyo //pe*k.seu //i.me.i.reul/bo.ne*.sso*.yo

我寄 信/包裹/支票/傳真/電子郵件 給你了。

문서 파일로 보내주세요.

mun.so*/ pa.il.lo/ bo.ne*.ju.se.yo

請用純文字檔寄給我。

그는 내게 사과의 편지를 보냈다.

geu.neun/ ne*.ge/ sa.gwa.ui/ pyo*n.ji.reul/ bo.ne*t.da

他寄給我道歉的信了。

이 소포를 한국에 보내려고 합니다.

i/so.po.reul/han.gu.ge/bo.ne*.ryo*.go.ham.ni.da

我想寄包裹到韓國。

받았어요.

ba.da.so*.yo

收到了。

track 190

說明

收到對方寄的東西，想跟對方確認，跟他說有收到了，就可以用這句來表達。

相關

선물 잘 받았습니다.
so*n.mul/ jal/ ba.dat.seum.ni.da
我收到您的禮物了。

못 받았어요.
mot/ ba.da.sso*.yo
沒有收到。

받아주세요.
ba.da.ju.se.yo
請收下。

會話

A：혹시 아까 보낸 팩스를 받았나요？
hok.si/a.ga/bo.ne*n/pe*k.seu.reul/ba.dat.na.yo
請問你有收到剛剛的傳真嗎？

B：네, 받았어요. 감사합니다.
ne//ba.da.sso*.yo//kam.sa.ham.ni.da
有，收到了。謝謝。

어울려요.

o*.ul.lyo*.yo

很適合。

track 191

說明

適合，通常是指衣服飾品等東西穿戴在這人身上很搭，很適合他的感覺，這時會如此表達。

相關

그 드레스 잘 어울려요.
geu/ deu.re.seu/ jal/ o*.ul.lyo*.yo
那洋裝很適合妳。

그 사람은 나에게 잘 어울려.
geu/ sa.ra.meun/ na.e.ge/ jal/ o*.ul.lyo*
那人跟我很合。

그는 누구와도 안 어울린다.
geu.neun/ nu.gu.wa.do/ an/ o*.ul.lin.da
他跟誰都不合。

당신은 진한 파란색 정장이 아주 잘 어울려요.
dang.si.neun/ jin.han/ pa.ran.se*k/ jo*ng.jang.i/ a.ju/ jal/ o*.ul.lyo*.yo
你穿深藍色正裝(西裝/套裝)真的好適合。

이 실크 블라우스는 나에게 딱 맞다.
i/ sil.keu/ beul.la.u.seu.neun/ na.e.ge/ dak/ mat.da
這件絲質襯衫很適合我。

눈빛
nun.bit
眼光、眼神

track 192

說明

눈是眼睛，빛是光。眼睛的光，眼睛散發出來的光波，也就是眼神。看一個人的眼睛、眼神就可以大約知道他的精神狀態。

相關

그는 눈빛이 살아있다.
geu.neun/ nun.bi.chi/ sa.ra.it.da
他的眼睛是活著的。

그의 눈빛이 빛난다.
geu.ui/ nun.bi.chi/ bin.nan.da
他的眼睛閃閃發光。

슬픈 눈빛인가요？
seul.peun/ nun.bi.chin.ga.yo
是悲傷的眼神嗎？

왜 눈빛을 보내니？
we*/ nun.bi.cheul/ bo.ne*.ni
為什麼對我使眼色？

그런 눈빛으로 나를 쳐다보지마요.
geu.ro*n/ nun.bi.cheu.ro/ na.reul/ chyo*.da.bo.ji.ma.yo
不要用那種眼神看我。

눈치
nun.chi

眼色

track 193

說明

能夠在每個時刻與情況下，推斷而了解別人的心情的一種能力。可以說是體貼、善解人意、機靈而馬上去幫助對方的聰慧特質。

相關

눈치가 없다.
nun.chi.ga/o*p.da .
沒眼色。(白目)

눈치가 있다.
nun.chi.ga/ it.da
有眼色。

눈치가 빠르네요.
nun.chi.ga/ ppa.reu.ne.yo
眼色好快喔。(好機靈啊。)

그는 방향 감각이 아주 뛰어나다.
geu.neun/ bang.hyang/ gam.ga.gi/ a.ju/ dwi.o*.na.da
他的方向感很好。

나는 사람을 보는 센스가 있다.
na.neun/ sa.ra.meul/ bo.neun/ sen.seu.ga.it.da
我很會看人。

그녀는 마음씨는 좋은데 센스가 없는 편이다.
geu.nyo*.neun/ ma.eum.ssi.neun/ jo.eu.nde/ sen.seu.ga/o*p.neun/pyo*.ni.da
她心地善良，但是缺乏靈巧反應。

會話

오늘 저녁에 직장 동료 집들이에 갈거예요.
o.neul/ jo*.nyo*.ge/ jik.jang/ dong.ryo/ jip.deu.ri.e/gal/go*.ye.yo
我今天晚上要去同事家慶祝他搬新家。

B : 재미있게 놀다 와요. 그런데 눈치 없이 너무 오래 있지는 말아요.
je*.mi.it.ge/nol.da wa.yo//geu.ro*n.de/nun.chi.o*p.si/no*.mu/o.re*/it.ji.neun/ma.ra.yo
好好地玩。但是不要太沒眼色在那裡留很久喔。

알려주세요.

al.lyo*.ju.se.yo

請告訴我。

track 194

說明

請讓我知道。想知道某件事、某事件的相關訊息，請對方告訴自己時，可以這麼表達。

相關

알려줘요.
al.lyo*.jwo.yo
請告訴我。

주소를 알려주세요.
ju.so.reul/al.lyo*.ju.se.yo
請給我地址。

답장이 오면 알려주세요.
dab.jang.i/o.myo*n/al.lyo*.ju.se.yo
若有回信請通知我。

언제 시간이 나는지 알려주세요.
o*n.je/si.ga.ni/na.neun.ji/al.lyo*.ju.se.yo
你有時間的時候請告訴我。

도움이 필요하면 언제든지 알려주세요.
do.u.mi/pi.ryo.ha.myo*n/o*n.je.deun.ji/al.lyo*.ju.se.yo
若你需要幫忙請隨時告訴我。

기가 막혀요.

gi.ga/ ma.kyo*yo

太驚奇了。

track 195

說明

氣都堵住了，令人窒息，說不出話的意思。遇到非常神奇的狀況時，可以用這句來形容。另外，生氣到說不出話也可以用這一句。

相關

신기해요.
sin.gi.he*.yo
好神奇。

완전 신기해요.
wan.jo*ng/ sin.gi.he*.yo
真是太神奇了。(字義： 完全神奇啊。)

맛이 기가 막히네요.
ma.si/gi.ga/ma.ki.ne.yo
這味道真是太棒了。

나는 우연히 그를 만났어요. 기가 막혀요.
na.neun/ u.yo*n.hi/ geu.reul/ man.na.sso*.yo// gi.ga/ ma.kyo*.yo
我碰巧遇到他了。太驚奇了。

너무 신기해요.
no*.mu/ sin.gi.he*.yo
太神奇了。

잊어버렸어요.

i.jo*.bo*.lyo*.sso*.yo

我忘了。

track 196

說明

忘了什麼事情忘了拿什麼東西都可以用這句來表達。

相關

비번을 잊어버렸어요.
bi.bo*.neul/ i.jo*.bo*.lyo*.sso*.yo
我忘記密碼了。

카메라를 잃어버렸어요.
ka.me.ra.reul.ril/ i.ro*.bo*.ryo*.so*.yo
我把相機弄丟了。

안경을 잊어버리고 안 가져왔다.
an.gyo*ng.eul/ i.jo*.bo*.ri.go/ an/ ga.jyo*.wat.da
我忘了戴眼鏡出門。

미나씨의 생일을 잊었어요.
mi.na.ssi.ui/ se*ng.i.reul/ i.jo*.sso*.yo
我忘記美娜的生日。

약속을 까먹었다.
yak.so.geul/ga.mo*.go*t.da
我忘記有約。

잊지마.
it.ji.ma
不要忘了。

힘을 내세요.

hi.meul/ ne*.se.yo

請加油。

track 197

說明

힘是指力量 力氣，내다有付出的意思。和請合在一起，就成為請使出力氣，請用力、加油的意思。

相關

힘 세다.
him/ se.da
力氣很大。

힘이 없어요.
hi.mi/ o*p.so*.yo
力氣很小。/沒力氣。

힘들어요.
him.deu.ro*.yo
好累。

힘 있게 말해요.
him/it.ge/ mal.he*.yo
請有力地說話。

힘내라！
him.ne*.ra
加油吧！

한번만……

han.bo*n.man

一次就好……

track 198

說明

只要一次就好，通常是拜託別人時說的話。

相關

한번만 봐주세요.

han.bo*n.man/ bwa.ju.se.yo

這一次請饒過我。

한번만 더 기회를 주세요.

han.bo*n.man/ do*/ gi.hwe.reul/ju.se.yo

請再給我一次機會。

한번 더 말할게요.

han.bo*n/ do*/ mal.hal.ge.yo

我再說一次。

한번 더 말씀 해주세요.

han.bo*n/ do*/ mal.sseum.he*.ju.se.yo

請再說一次。

전화번호를 한번만 더 불러 주시겠어요?

jo*n.hwa.bo*n.ho.reul/ han.bo*n.man/ do*/bul.lo*/ ju.si.ge.so*.yo

可以請你再講一次電話號碼嗎？

조금.

jo.geum

一點點。

track 199

說明

這個字包含了一點點、一下下、有一點的意思。

相關

조금 더 주세요.

jo.geum/ do*/ ju.se.yo

請再給我多一點。

조금만 기다리세요.

jo.geum.man/ gi.da.ri.se.yo

請等我一下下喔。

네, 여기서 기다릴게요.

ne// yo*.gi.so*/ gi.da.ril.ge.yo

好，我在這裡等你。

會話

A：이제 기분이 좋아졌어요?

i.je/ gi.bu.ni/ jo.a.jyo*.so*.yo

現在心情有沒有好一些？

B：응, 조금.

eung// jo.geum

嗯，好一點了。

많아요.

ma.na.yo

很多。

track 200

說明

錢很多人很多知道的很多，都可以用많아요來形容。

相關

많은 사림들이 온천을 좋아해요.

ma.neun/ sa.ram.deu.ri/ on.cho*.neul/ jo.a.he*.yo

很多人都喜歡泡溫泉。

오늘 돈을 너무 많이 썼어요.

o.neul/ do.neul/ no*.mu/ ma.ni/ sso*.so*.yo

我今天花太多錢了。

너에게 할 말이 아주 많다.

no*.e.ge/ hal/ ma.ri/ a.ju/ man.ta

我有好多話想對你說。

會話

A：그는 친구가 많아요?

geu.neun/ chin.gu.ga/ ma.na.yo

他朋友很多嗎？

B：아주 많아요.

a.ju/ ma.na.yo

非常多。

잠자요.

jam.ja.yo

睡覺。

track 201

説明

자다是睡的意思，動詞。잠是覺的意思，名詞。合在一起就是睡覺。

相關

늦잠을 잤어요.
neut.ja.meul/ ja.so*.yo
睡過頭了。

나는 잠이 너무 많다.
na.neun/ ja.mi/ no*.mu/ man.ta
我睡太多了。

그는 낮잠을 자고 있어요.
geu.neun/ nat.ja.meul/ ja.go/ i.so*.yo
他正在午睡。(包含白天任何時間的睡覺)

會話

A：왜 안자요？ 얼른 자요.
we*/ an.ja.yo//ol.leun/ ja.yo
你怎麼不睡覺？趕快睡。

B：잠이 안와요. 어제 잠만 잤어요.
ja.mi/ an.wa.yo// o*.je/ jam.man/ ja.so*.yo
我睡不著。昨天睡了一整天。

가만있어.

ga.man.i.sso*

不要動。

track 202

說明

通常是對方一直亂動、不安分、可能跑掉時，要對方不要亂動、乖乖待著的意思。

相關

가만있어요.
ga.man.i.sso*.yo
待著不要動。

가만 있어봐요.
ga.man/i.sso*.bwa.yo
等等/請不要動。

떠들지 말고 가만있어.
do*.deul.ji/ mal.go/ ga.man.i.sso*
不要吵，乖乖待在這兒。

가만있어.
ga.man.i.sso*
不要動。

가만히 있을 수 없어요.
ga.man.hi/i.sseul/ su/ o*p.so*.yo
我無法呆呆看著不管。

웃겨요.

ut.gyo*.yo

好好笑喔。

track 203

說明

聽到看到很好笑、搞笑的事情狀況或是表情表現時，表達出很想笑的心情之意。

相關

웃긴다.
ut.gin.da
真好笑。

웃기는 얘기 해줄까?
ut.gi.neun/ ye*.gi/ he*.jul.ga
我跟你說一件好笑的事喔？

너무 웃겨요.
no*.mu/ ut.gyo*.yo
太好笑了。

내 친구는 웃기게 나를 흉내냈어요.
ne*/ chin.gu.neun/ ut.gi.ge/ na.reul/ hyung.ne*.ne*.sso*.yo
我的朋友很搞笑地模仿我。

정말 웃겼어요.
jo*ng.mal/ ut.gyo*.sso*.yo
真的很好笑。

이상해.

i.sang.he*

真奇怪。

track 204

說明

感覺異於平常，或怪怪的時候，對於人的表現狀態，或事情的走向等等，都可以用這個句子來形容。

相關

이상해요.
i.sang.he*.yo
好奇怪喔。

이상하지 않아요?
i.sang.ha.ji/ a.na.yo
不奇怪嗎？

맛이 이상해요.
ma.si/ i.sang.he*.yo
味道怪怪的。

會話

A：분위기 좀 이상해요. 무슨 일있어요?
bun.wi.gi/ jom/ i.sang.he*.yo// mu.seun/ i.ri.sso*.yo
氣氛有點奇怪喔。有什麼事？

B：이따가 동해씨를 위해 깜짝이벤트를 해요.
i.da.ga/ dong.he*.ssi.reul/ wi.he*/ gam.jja.gi.ben.teu.reul/ he*.yo
等一下有給東海的驚喜活動。

상상해

sang.sang.he*

想像

track 205

說明

想像，在腦中用想的方式刻畫出畫面甚至聲音等影像。

相關

상상해봐요.
sang/sang.he*.bwa.yo
想像一下。

상상할 수 없는 귀한 선물이에요.
sang.sang.hal/ su/ o*m.neun/ gwi.han/ so*n.mu.ri.e.yo
無法想像的寶貴禮物。

꿈을 자주 상상하고 실천하면, 이루어진다고 한다.
gu.meul/ ja.ju/ sang.sang.ha.go/ sil.cho*n.ha.myo*n// i.ru.o*.jin.da.go/ han.da
聽說常常想像自己的夢想，並且實踐，夢想會實現。

상상력이 풍부해요.
sang.sang.ryo*.gi/ pung.bu/he*.yo
想像力真豐富。

상상하지 마.
sang.sang.ha.ji/ ma
不要想像了！

빵점/만점
bang.jo*m /man.jo*m

零分/滿分

track 206

說明

빵是麵包的意思，麵包分就跟中文的考鴨蛋有一樣的結果，就是零分的意思。만점（滿分），有時십점十分是滿分，有時是백점一百分是滿分。

相關

그는 수능 시험에서 빵점을 맞았다.
geu.neun/ su.neung/ si.ho*m.e.so*/ bang.jo*.meul/ ma.jat.da
他大學入學考試得零分。

오늘은 기분이 빵점이에요.
o.neu.reun/ gi.bu.ni/ bang.jo*.mi.e.yo
我今天心情零分。（心情低落）

그는 영어시험에서 만점을 받았다.
geu.neun/ yo*ng.o*.si.ho*m.e.so*/ man.jo*.meul/ ba.dat.da
他英文考試得到滿分。

저 만점 받았어요.
jo*/ man.jo*m/ ba.da.sso*.yo
我考了滿分。

그녀는 애교 만점이다.
geu.nyo*.neun/ e*.gyo/ man.jo*.mi.da
她真是撒嬌滿分。（非常會撒嬌）

따라와요.

da.ra.wa.yo

跟我來。

track 207

說明

想帶對方去某處，請對方跟著走過來的意思。

相關

따라와.

da.ra.wa

跟我來。(半語)

따라오세요.

da.ra.o.se.yo

請跟我來。

이쪽으로 오세요.

i.jjo.geu.ro/ o.se.yo

請來這邊。

이제 쫓아다니지 마세요.

i.je/ jjo.cha.da.ni.ji/ ma.se.yo

你不要再追過來了。

계속 나를 따라오지마요.

gye.sok/ na.reul/ da.ra.o.ji.ma.yo

不要一直跟著我。

가장
ga.jang
最

track 208

說明

指程度上最高級、頂端的時候，就會用到這個詞。

相關

나는 이 세상에서 가장 행복한 사람이에요.
na.neun/ i/ se.sang.e.so*/ ga.jang/ he*ng.bo.kan/ sa.ra.mi.e.yo
我是全世界最幸福的人

당신은 나에게 가장 중요한 사람이에요.
dang.si.neun/ na.e.ge/ ga.jang/ jung.yo.han/ sa.ra.mi.e.yo
你對我而言是最重要的人。

한국에 가면 가장 하고 싶은 일이 뭐예요?
han.gu.ge/ ga.myo*n/ ga.jang/ ha.go/ si.peun/ i.ri/ mwo.ye.yo
去韓國之後你最想做的事是什麼？

가장 좋아하는 음식이 뭐예요?
ga.jang/ jo.a.ha.neun/ eum.si.gi/ mwo.ye.yo
你最喜歡的食物是什麼？

가장 친한 친구예요.
ga.jang/ chin.han/ chin.gu.ye.yo
他是我最親的朋友。

그는 내가 가장 좋아하는 가수다.
geu.neun/ ne*.ga/ ga.jang/ jo.a.ha.neun/ ga.su.da
他是我最喜歡的歌手。

가장좋아하는향수는뭐예요?
ga.jang/ jo.a.ha.neun/ hyang su neun/ mwo.ye.yo
你最喜歡的香水是哪一牌?

가장 가까운 학교를 다녀요.
ga.jang/ ka.ga.un/ ha.gyo.reul/ da.nyo*.yo
我去最近的學校上學。

최대한 노력을 하세요.
chwe.de*.han/no.ryo*.geul/ha.se.yo
請盡最大的努力。

이것은 최고의 예술작품이다.
i.go*.seun/ chew.go.ui/ ye.sul.jak.pu.mi.da
這是最棒的藝術作品。

오빠 최고!
o.ba/ chew.go
哥哥你最棒!

어려워요.

o*.ryo*.wo.yo

好難喔。

track 209

說明

考題很困難，摘星星很困難，要說明很困難…等情況，想表達出那不容易、有點費力的意思。

相關

예측하기 어려워요.
ye.cheu.ka.gi/ o*.ryo*.wo.yo
很難預測。/很難說。

추워서 아침에 일어나기가 어려워요.
chu.wo.so*/ a.chi.me/ i.ro*.na.gi.ga/ o*.ryo*.wo.yo
因為很冷所以早上起不來。

그 질문은 너무 어려워요.
geu/ jil.mu.neun/ no*.mu/ o*.ryo*.wo.yo
這個問題太難了。

會話

A：이 일을 하는게 쉬워요？ 아니면 어려워요？
i/i.reul/ ha.neun.ge/ swi.wo.yo// a.ni.myo*n/ o*.ryo*.wo.yo
這件事對你來說簡單嗎？還是很難？

B：사실 좀 어려워요.
sa.sil/ jom/ o*.lyo*.wo.yo
其實有點難。

아마.

a.ma

可能。

track 210

說明

表示猜測，預期結果可能是怎麼樣。例如別人問你說明天會下雨嗎？回答아마表示可能、說不定會下雨。

相關

아마도.
a.ma.do
可能/或許。

그는 아마 못 올 것이에요.
geu.neun/a.ma/mot/ol/go*.si.e.yo
他可能不能來了。

아마 그럴 거예요.
a.ma/ geu.ro*l/ go*.ye.yo
或許是那樣。

會話

A：너 올 거니？
no*/ ol/ go*.ni
你會來吧？

B：아마. 기분 봐서.
a.ma// gi.bun/ bwa.so*
或許。看我心情。

어쩌면.

o*.jjo*.myo*n

怎麼，也許，或許，說不定

track 211

說明

雖然不確定，但是進行猜測，表示可能的意思。還有到底該怎麼辦，怎麼會，驚訝或者追問對方時都可以使用這個詞。

相關

어쩌면 좋을까요？

o*.jjo*.myo*n/ jo.eul.ga.yo

我該怎麼辦才好？

어쩌면 그렇게 예쁠까？

o*.jjo*.myo*n/ geu.ro*.ke/ ye.beul.ga

怎麼會那麼漂亮？

어쩌면 피부가 그렇게 좋아요！

o*.jjo*.myo*n/ pi.bu.ga/ geu.ro*.ke/ jo.a.yo

皮膚怎麼這麼好！

어쩌면 누나가 올지도 모르고 안 올지도 몰라요.

o*.jjo*.myo*n/ nu.na.ga/ ol.ji.do/ mo.reu.go/ an/ ol.ji.do/ mol.la.yo

姊姊可能會來，也可能不會來。

어쩐지……

o*.jjo*n.ji

不知為何，不知怎麼搞的，怪不得，難怪

track 212

說明

由於某種未知的原因，就是覺得怎麼樣，說不出理由的時候，就可以使用這個詞。

相關

어쩐지 그가 마음에 드는데 !

o*jjo*nji/ geu.ga/ ma.eu.me/ deu.neun.de

不知為何我就是喜歡他耶 ！

오늘은 어쩐지 기분이 좋아요.

o.neu.reun/ o*.jjo*n.ji/ gi.bu.ni/ jo.a.yo

不知為何今天心情很好耶。

어쩐지 영어를 잘하더라~

o*.jjo*n.ji/ yo*ng.o*.reul/ jal.ha.do*.ra

難怪你英文講得這麼好~

會話

A：우리 싸웠어요.

u.li/ ssa.wo.sso*.yo

我們吵架了。

B：어쩐지……

o*.jjo*n.ji

難怪……

~부터 ~까지

~ bu.to* ~ ga.ji

從~到~

track 213

説明

表示出一個範圍，可以使用於時間、地點等各種不同層面。

相關

머리부터 발끝까지 완벽해요.

mo*.ri.bu.to*/ bal.geut.ga.ji/ wan.byo*.ke*.yo

從頭到腳都很完美。

아침부터 밤까지 안 먹었어요.

a.chim.bu.to*/ bam.ga.ji/ an /mo*.go*.sso*.yo

從早上到晚上都還沒有吃。

어제부터 지금까지 아직 안 잤어요.

o*.je.bu.to*/ ji.geum.ga.ji/ a.jik/ an/ ja.sso*.yo

從昨天到現在都還沒睡。

오후 5시부터 8시까지 촬영했어요.

o.hu/ da/so*t.si.bu.to*/ yo*.do*l.si.ga.ji/ chwa.ryo*ng.he*.sso*yo

從下午五點到八點都在拍片。

기숙사부터 학교까지 걸어서 5분이에요.

gi.sug.sa.bu.to*/ hag.gyo.ga.ji/ go*.ro*.so*/ o.bun.i.e.yo

從宿舍到學校走路只要五分鐘。

티가 났다.

ti.ga.nat.da.

露餡了。

track 214

說明

티的意思有沙子、灰塵、玉的瑕疵、氣味、味道、氣息，還有喝的茶。티가 났다用來表示有......的氣息，顯露出來，也有曝光了、露餡了的意思。

相關

눈에 티가 들어갔다.
nun.e/ ti.ga/ deu.ro*.gat.da
我眼睛跑進沙子了。

헨리는 아직도 어린애 티가 난다.
hen.ri.neun/ a.jik.do/ o*.rin.e*/ ti.ga/ nan.da
亨利還有些許孩子氣。

그렇게 티가 났니？
geu.ro*ke/ ti.ga/ nat.ni
那麼明顯嗎？

짜증이 났지만, 티를 낼 순 없었다.
jja.jeung.i/nat.ji.man//ti.reul/ne*l/sun/o*p.so*t.da
雖然很討厭，我不能表現出來。

별로 화장한 티도 안 나네요.
byo*l.lo/ hwa.jang.han/ ti.do/ an/ na.ne.yo
看不出化妝的痕跡呢。

마음

ma.eum

心情，心

track 215

說明

마음是指一個人的內心、心腸、心情、想法、感覺，延伸出各種表達。這邊舉出一些常用例句，可以幫助了解。

相關

마음껏 드세요.
ma.eum.go*t/ deu.se.yo
請盡情享用。

마음껏 즐기세요.
ma.eum.go*t/ jeul.gi.se.yo
請盡情地享受。

내 마음이에요.
ne*/ ma.eu.mi.e.yo
這是我的心意。/我就是想這麼做。

마음대로 하세요.
ma.eum.de*.ro/ha.se.yo
請隨意。

난 이미 마음 먹었어요.
nan/ i.mi/ ma.eum/ mo*.go*.sso*.yo
我已經下定決心。

내 마음을 왜 몰라니?
ne*/ ma.eu.meul/ we*/ mol.la.ni
為什麼你不懂我的心?

그의 마음이 변했다.
geu.ui/ma.eu.mi/ byo*n.he*t.da
他的想法改變了。/他改變主意了。

마음 놓으세요.
ma.eum/ no.eu.se.yo
請放心。

우리 마음이 통하다.
u.li/ ma.eu.mi/ tong.ha.da
我們心靈相通。

그의 마음이 따뜻해요.
geu.ui/ ma.eu.mi/ da.deu.te*.yo
他的心很温暖。

마음 써 주셔서 정말 감사드립니다.
ma.eum/ sso*/ ju.syo*.so*/ jo*ng.mal/ gam.sa.deu.rim.ni.da
謝謝您給予的關心及照顧。

때
de*

時機，時候

track 216

說明

때是指時間、時機、時候，另外也有汙垢的意思。그때那時候，어렸을 때小時候。

相關

그때 나한테 얘기 했어야지.
geu.de*/ na.han.te*/ ye*.gi/ he*.so*.ya.ji
你那時候就應該跟我說的。

시간은 사람을 기다려주지 않아요.
si.ga.neun/ sa.ra.meul/ gi.da.ryo*.ju.ji/ a.na.yo
時機不會等人。

모든것은 다 때가 있어요.
mo.deun.go*.seun/ da/ de*.ga.i.so*.yo
所有一切都有時機時候。

이 때는 중요해요.
i/ de*.neun/ jung.yo.he*.yo
現在這個時候很重要。

때에 맞춰 큰 인물이 나타난다.
de*.e/ mat.chwo/ keun/ in.mu.ri/ na.ta.nan.da
時代生英雄。

촌스러워.

chon.seu.ro*.wo

好土喔。

track 217

說明

通常是指令人不欣賞的鄉下風格，就是說不時尚、不優美的意思。

相關

촌스럽긴.
chon.seu.ro*p.gin
真土。

촌스럽다.
chon.seu.ro*p.da
真土。

그 옷의 꽃무늬는 조금 촌스럽네요.
geu/ o.sui/ gon.mun.ui.neun/ jo.geum/ chon.seu.ro*m.ne.yo
那件衣服的花樣有點俗氣。

이 헤어 스타일 너무 촌스러워요.
i/he.o*/seu.ta.il/no*.mu/chon.seu.ro*.wo.yo
這個髮型好土喔。

촌스러운 안경 쓰지마세요.
chon.seu.ro*.un/ an.gyo*ng/ sseu.ji.ma.se.yo
不要帶那麼土的眼鏡。

나 벌써 졸려.

na/ bo*l.sso*/ jol.lyo*

我睏了。

track 218

說明

好想睡覺，好想打盹，睡意充滿的時候就會這麼表達。

相關

피곤해요.
pi.gon.he*.yo
好睏喔。

會話

A：아, 졸려요.
a// jol.lyo*.yo
啊，好想睡。

B：어제 잘 못 잤어요?
o*.je/jal/mot/ja.sso*.yo
昨天沒睡好嗎？

A：응,계속 악몽을 꿨어요.
eung//kye.sok/ak.mong.eul/gwo*.sso*.yo
嗯，一直做噩夢。

B：어떤 악몽?
o*do*n/ak.mong
哪種噩夢？

꿈
gum
夢

track 219

說明

這個字和中文表達一樣，一方面是指睡覺的時候做的夢，還有另一方面是指夢想，人生當中懷抱的希望，想要達成的事情與狀況。

相關

꿈 깨.
gum. ge*
作夢！/想都別想。(字義：從夢裡醒來吧！)

어제 재미있는 꿈을 꾸었어요.
o*je/ je*.mi.in.neun/ gu.meul/ gu.o*.sso*.yo
我昨天做了有趣的夢。

인생의 꿈이 뭐예요?
in.se*ng.ui/gu.mi/mwo.ye.yo
你人生的夢想是什麼？

그 분의 꿈은 세계여행 입니다.
geu/bu.nui/ gu.meun/ se.ge.yo*.he*ng/ im.ni.da
那位人生的夢想是環遊世界。

미나씨 잠꼬대를 했어요.
mi.na.ssi/ jam.go.de*.reul/ he*.sso*.yo
美娜說夢話了。

예를 들어서

ye.reul/ deu.ro*.so*

舉例來說

track 220

說明

說明某些事物時，想要說得更具體一點，直接舉出例子最能夠讓人明白，等同於中文的舉例來說。

相關

그는 향기가 있는 채소을 안먹어요. 예를 들어서 피망이나 향채 같은.

geu.neun/ hang.ki.ga.it.neun/ che*.so-reul/ an.mo*.go*.yo// ye.reul/ deu.ro*.so*/ pi.mang.i.na/ hyang.che*.ga.teun

他不吃味道重的蔬菜。例如青椒、香菜。

이분은 운동을 잘해요. 예를 들어서 축구, 태권도, 스케이트 보드 다 잘해요.

i.bu.neun/ un.dong.eul/ jal.he*.yo// ye.reul/ deu.ro*.so*/ chuk.gu/ te*.gwon.do/ seu.ke.i.teu/ bo.deu/ da/ jal.he*.yo

這一位很會運動，像是足球、跆拳道、滑板他都會。

저는 아름다운 것을 좋아해요. 예를 들어서 꽃, 향수, 보석…등등.

jo*.neun/ a.reum.da.un/ go.*seul/ jo.a.he*.yo// ye.reul/ deu.ro*.so*// goch// hyang.su// bo/so*k // deung.deung

我喜歡美麗的事物。像是花、香水、寶石…等等。

……까봐

ga.bwa

應該是那樣

track 221

說明

猜測、推測某種件事情時，可以在句子後面使用這個詞，表示可能、恐怕那樣的意思。

相關

비가 올까봐, 우산 가져가요.
bi.ga/ ol.ga.bwa// u.san/ ga.jyo*.ga.yo
好像要下雨了，帶著傘吧。

잊어버릴 까봐. 메모를 해요.
i.jo*.bo*.ril/ ga.bwa// me.mo.reul/ he*.yo
我怕會忘記。寫張便條紙好了。

會話

A：둘이 헤어졌어？
du.ri/he.o*.jyo*.sso*
這兩個人分手了？

B：그럴까봐.
geu.reol.kka.bwa
好像是。

……것 같대

go*t/ gat.de*

好像是那樣

track 222

說明

這個詞放在句子末端有好像、似乎的意味，會讓語氣感覺比較委婉。例如아니에요不是，改成아닌 것같대好像不是喔，就會委婉許多。

相關

그런 것 같대.

geu.ro*n/ go*t/ gat.de*

好像是那樣。

나를 아는 것 같대.

na.reul/ a.neun/ go*t/ gat.de*

他好像認識我。

심장이 터질것 같아요.

sim.jang.i/ to*.jil.go*t/ ga.ta.yo

心臟好像要爆炸似的。

會話

A：둘이 사귀고 있어요?

du.ri/ sa.gwi.go/ i.so*.yo

這兩人在交往嗎？

B：그런것 같대.

geu.ro*n.go*t/ gat.de*

好像是那樣。

잘 될거예요.

jal/ dwel.go*.ye.yo

事情會好轉的。

track 223

說明

別人因著某件事在擔心，傷心的時候，用這句話來安慰他，表示一切都會變好的，不要太擔心或傷心。

相關

괜찮을거예요.
gwe*n.cha.neul/go*.ye.yo
會沒事的。

왜 이렇게 되었어요?
we*/ i.ro*.ke/ dwe.o*.so*.yo
怎麼變成這樣？

걱정마. 잘 될거예요.
go*k.jo*ng.ma// jal/ dwel.go*.ye.yo
別擔心。事情會好轉的。

會話

A：마음이 아프죠?
ma.eu.mi/ a.peu.jyo
你一定很傷心吧？

B：괜찮을 거예요.
gwe*n.cha.neul/go*.ye.yo
我很快就沒事的。

꼭이요.

gok/gi.yo

一定喔。

track 224

說明

句子當中加上這個詞，表達出強烈希望達成這件事，不可以沒有做的意思。

相關

꼭 와요.
gok/wa.yo
一定要來喔。

꼭 만나요.
gok/man.na.yo
一定要見面喔。

꼭 연락할게요.
gok/yo*n.rak.hal.ge.yo
我一定會跟你聯絡的。

꼭 연락해.
gok/yo*n.ra.ke*
定要跟我聯絡喔。

꼭 그것을 원해요?
gok/geu.go*.seul/won.he*.yo
你一定要那個嗎？

알겠습니다.

al.get.seum.ni.da

我知道了。

track 225

說明

別人告訴自己某件訊息時，表示接收到了就說알았어요我知道了，或者用尊待語알겠습니다（我知道了）。

相關

그럼, 먼저 갈께요.
geu.ro*m/ mo*n.jo*/ gal.ge.yo
那麼，我就先走了。

알았어요.
a.ra.sso*.yo
知道了。

會話

A：내일 아침10시에 여기서 만나요.
ne*.il/a.chim.yo*l.si.e/yo*.gi.so*/man.na.yo
我們明天早上十點在這裡見面。

B：네, 알겠습니다.
ne/al.get.seum.ni.da
好，我知道了。

몰라요.

mol.la.yo

不知道。

track 226

說明

當有人問你一些你不知道的事，無法回答或不想回答的時候，就可以說몰라요（不知道）。

相關

모르겠다.

mo.reu.get.da

不知道。

모르겠어요.

mo.reu.ge.so*.yo

不知道。

會話

A：정호씨 어디에 갔는지 알아요？

jo*ng.ho.ssi/ o*.di.e/ gan.neun.ji/ a.ra.yo

你知道正浩去哪裡了嗎？

B：몰라요. 언니 아세요？？

mol.ra.yo// o*n.ni/ a.se.yo

不知道。姐姐知道嗎？

C：나도 몰라요.

na.do/ mol.ra.yo

我也不知道。

금방 올게요.

geum.bang/ ol.ge.yo

馬上來。

track 227

說明

當別人呼喚自己，要自己過去時，可以用這一句來回應，表示我馬上就來之意。

相關

지금 바로 김사장님 한테 전화해요.

ji.geum/ ba.ro/ gim.sa.jang.nim/ han.te*/ jo*n.hwa.he*.yo

你現在馬上打電話給金老闆。

會話

A：정미야, 빨리와.

jo*ng.mi.ya// bal.li.wa

靜美啊，趕快來。

B：네,금방 올게요.

ne/geum.bang/ ol.ge.yo

好，我馬上來。

A：금방이라니……이십분 지났어요.

geum.bang.i.ra.ni/i.sip.bun/ji.na.so*yo

什麼馬上……都過了20分鐘了。

B：미안해요. 날 용서 해줄거죠？

mi.an.he*.yo// nal/ yong.so*/ he*.jul.go*.jyo

對不起。你會原諒我吧？

……다(라)구 요.

da(la).gu/yo

……說……

track 228

說明

引述別人說的話，在那句話結尾用此語法，表示某某人這麼說。或者自己先前過的話，結尾用此語法，表示我已經說過了，現在再重複一次。

相關

그가 오늘 온다구요.
geu.ka/ o.neul/ on.da.gu.yo
他說他今天會來。

엄마가 빨리 집에 돌아오래요.
o*m.ma.ga/ bal.li/ ji.be/ do.ra.o.re*.yo
媽媽說要我趕快回家。

누가 나를 사랑한다고 했어요.
nu.ga/ na.reul/ sa.rang.han.da.go/ he*.so*.yo
有人跟我說他愛我。

會話

A：가고싶다구요？
ga.go.sip.da.gu.yo
你說你想去是嗎？

B：아니라구요.
a.ni.ra.gu.yo
我說沒有喔。

일단……

il.dan

首先……

track 229

說明

使用這個詞就是表示首先、現在先做這件事。其他時候也有「一旦」的意思。

相關

일단 먹고. 나중에 얘기하자.

il.dan/ mo*k.go// na.jung.e/ ye*.gi.ha.ja

先吃吧。之後再說。

일단 운전히세요.

il.dan/ un.jo*n.ha.se.yo

先開車再說。

일단 설명 해드릴게요.

il.dan/ so*l.myo*ng/ he*.deu.ril.ge.yo

我先說明給您聽。

먼저 손을 씻고, 그 다음에 재료를 준비하고…

mo*n.jo*/ so.neul/ ssit.go// geu/ da.eu.me/ je*.ryo.reul/ jun.bi.ha.go/

首先要洗手，然後準備材料…

첫번째, 눈을 감고.

cho*t.bo*n.jje*// nu.neul/ gam.go

第一，閉上眼睛。

도착했어요.

do.cha.ke*.sso*.yo

到了。

track 230

說明

開車、坐車去旅行，到達目的地的時候，就會說도착했어요（到了）。

相關

여기예요.
yo*.gi.ye.yo
就是這裡了。

여기다.
yo*.gi.da
到了。/在這兒。

자, 여기입니다.
ja// yo*.gi.im.ni.da
好，就是這裡了。

會話

A：도착하셨어요
do.cha.ka.syo*.so*.yo
到了！

B：와, 여기예요？
wa// yo*.gi.ye.yo
哇，是這裡嗎？

알아서 할게요.

a.ra.so*/ hal.ge.yo

我自己會看著辦。

track 231

説明

這句話字面上的意思是我知道而做，也就是我自己會了解狀況去做，我會看著辦的。

相關

알아서 해라.

a.ra.so*/ he*.ra

你看著辦吧。

會話

A：저기 가면 먼저 돈을 주지 말고…

jo*.gi/ ga.myo*n/ mo*n.jo*/ do.neul.ju.ji/ mal.go//

你去那裡先不要馬上給錢…

B：제가 알아서 할게요.

je.ga/ a.ra.so*/ hal.ge.yo

我自己會看著辦。

會話

C：뭘 준비 해야돼요？

mwol/ jun.bi/he*.ya.dwe*.yo

我要準備什麼嗎？

D：알아서 준비하고 와.

a.ra.so*/ jun.bi.ha.go.wa

你自己看狀況準備然後來吧。

조심해요.

jo.sim.he*.yo

小心！

track 232

說明

走在馬路上，有車子突然很靠近地經過，或者前方地面有階梯等危險，要提醒對方小心時所說的話。

相關

조심히 돌아가세요.
jo.sim.hi/ do.ra.ga.se.yo
小心回家喔！

조심히 가.
jo.sim.hi/ga
小心走。

몸 조심하세요.
mom/ jo.sim.ha.se.yo
保重身體。

會話

A：갔다 올게요！
gat.da/ ol.ge.yo
我出門囉！

B：네, 조심！
ne/ jo.sim
好，小心喔！

잘했어요！
jal.he*.sso*.yo
做得好！

track 233

說明

稱讚別人做得很好，很努力而有成果與佳績時，通常會用這一句來讚賞對方。

會話

A：엄마 나 일등 했어요.
o*m.ma/ na/ il.deung/ he*.sso*.yo
媽媽我得到第一名了！

B：잘했어요！
jal.he*.sso*.yo
做得好！

會話

A：숙제 다했어요.
suk.je/ da.he*.sso*.yo
我作業都做完了！

B：잘했어요！
jal.he*.sso*.yo
做得好！

깨끗해요.

ge*.geu.te*.yo

好乾淨。

track 234

說明

房間很乾淨，書桌很乾淨，或者說誰的臉很淨白無瑕都可以用這句話來形容。

相關

내방은 깨끗해요.
ne*.bang.eun/ ge*.geu.te*.yo
我的房間很乾淨。

깨끗한 바다에 갔어요.
ge*.geu.tan/ ba.da.e/ ga.so*.yo
我去了一個很乾淨的海邊。

여기 치워 주세요.
yo*.gi/ chi.wo/ ju.se.yo
請把這邊弄乾淨。

청소하 고있어요.
cho*ng.so.ha/ go.i.so*.yo
我正在打掃。

더러워요.

do*.ro*.wo.yo

好髒。

track 235

說明

環境很髒，物品很髒，或者思想汙穢也都可以用這句來形容。

相關

이 계곡은 아주 더러워요.
i/ gye.go.geun/ a.ju/ do*.ro*.wo.yo
這溪谷好髒。

그의 옷이 더러워 졌이요.
geu.ui/ o.si/ do*.ro*.wo/ jyo*.so*.yo
他的衣服變髒了。

더러운 옷을 세탁하세요.
do*.ro*.un/ o.seul/ se.ta.ka.se.yo
請把髒衣服洗一洗。

더러운 손으로 눈을 비비지 마세요.
do*.ro*.un/ son.eu.ro/ nu.neul/ bi.bi.ji/ ma.se.yo
不要用髒的手揉眼睛。

더러운 손으로 음식을 만지지 마세요.
do*.ro*.un/ so.neu.ro/ eum.si.geul/ man.ji.ji/ ma.se.yo
不要用髒的手摸食物。

거짓말.

go*.ji.mal

說謊。

track 236

說明

這句話就是不相信對方所說的話時，給予反駁，你說謊的意思。

相關

그건 사실이 아니겠지.

geu.go*n/ sa.si.ri/ a.ni.get.ji

那不是事實吧？

난 안 믿어.

nan/ an/ mi.do*

我不相信。

會話

A：어제 왜 안왔어요?

o*.je/ we*/ an.wa.so*.yo

你昨天怎麼沒有來？

B：배가 아파서 못왔어요.

be*.ga/ a.pa.so*/ mot.wa.so*.yo

肚子痛所以無法來。

A：거짓말.

go*.ji.mal

說謊。

속지 마세요.

sok.ji/ ma.se.y

不要被騙了。

track 237

說明

속다是被騙的原形動詞，속이다是欺騙別人的原形動詞。

相關

그의 말에 속지 마세요.
geu.ui/ ma.re/ sok.ji/ ma.se.yo
不要被他的話給騙了。

그녀의 화장에 속지 마세요.
geu.nyo*.ui/ hwa.jang.e/ sok.ji/ ma.se.yo
不要被她的化妝給騙了。

그는 사기꾼에게 속았다.
geu.neun/ sa.gi.gun.e.ge/ so.gat.da
他被騙子騙了。

유혹에 빠지지마라.
yu.ho.ge/ ba.ji.ji.ma.ra
不要陷入誘惑！

꾐에 빠지지 마라.
gwem.e/ ba.ji.ji/ ma.ra
不要被勾引！

뭐？
mwo
什麼？

track 238

說明

韓文的句子，越簡短的通常是越沒有禮貌的語法。雖然最常聽到的是뭐？什麼？這是很親近的朋友之間才會這麼問的。一般我們講뭐라고요？會比較保險。

相關

뭐라고？
mwo.ra.go
你說什麼？(半語)

뭐라고요？
mwo.ra.go.yo
你說什麼？

뭘 했어요？
mwol/ he*.sso*.yo
你剛剛在做什麼？

무슨 일있어요？
mu.seun/ i.ri.sso*.yo
有什麼事嗎？

다시 한번 말해요.
da.si/ han.bo*n/ mal.he*.yo
請再說一次。

누구세요?

nu.gu.se.yo

誰?

track 239

說明

是誰? 電話中詢問對方是誰，聽到敲門聲，想詢問那個人是誰就可以這麼問。

相關

이 요리 만든 사람은 누구예요?
i/yo.ri/ man.deun/sa.ra.meun/ nu.gu.ye.yo
這道料理是誰做的?

일등상을 받은 사람은 누구예요?
ildeungsang-eulbad-eun salameun nugu yeyo
誰得到第一名?

아까 통화한 사람은 누구세요?
a.ga/ tong.hwa.han/ sa.ra.meun/ nu.gu.se.yo
剛剛是誰跟你通電話?

이분은 누구세요?
i.bu.neun/ nu.gu.se.yo
這位是誰?

당선된 대통령은 누구예요?
dang.so*n.dwen/de*.tong.lyo*ng.eun/nu.ku.ye.yo
是誰當選了總統?

어디예요?

o*.di.ye.yo

在哪裡？

track 240

說明

어디예요？就是問說在哪裡的意思，前面再加上名詞，就是問說那個人或那個東西在哪裡的意思。

相關

집은 어디예요？

ji.beun/ o*.di.ye.yo

你家在哪裡？

선물은 어딨어요？

so*n.mu.reun/o*.di.sso*.yo

禮物在哪裡？

실례하지만 화장실은 어디입니까？

sil.lye.ha.ji.man/ hwa.jang.si.reun/ o*.di.im.ni.ga

不好意思，請問化妝室在哪裡？

會話

A：언니 지금 어디에 있어요？

o*n.ni/ ji.geum/ o*.di.e/ i.sso*.yo

姐姐現在在哪裡？

B：백화점에 있어요.

be*.kwa.jo*.me/ i.so*.yo

在百貨公司。

언제요?

o*n.je.yo

何時?

track 241

說明

언재就是什麼時候的意思，親近的朋友之間，用半語講就是언재?什麼時候?

相關

언제 왔어요?

o*n.je/ wa.sso*.yo

你什麼時候來的?

우리 언제 좀 만날까요?

u.ri/ o*n.je/ jom/ man.nal.ga.yo

我們哪時候見個面呢?

그래, 언제요?

geu.re*/ o*n.je.yo

好哇，何時?

會話

A：언제 돌아와요?

o*n.je/ do.ra.wa.yo

你什麼時候回來?

B：다음주요.

da.eum.ju.yo

下星期。

왜요？
we*.yo
為什麼？

track 242

說明

常聽到一個字왜？（為什麼？）這是比較親近的人之間使用的半語，왜另外還有「幹嘛」的意思，當別人叫你，感到有點不耐煩時也會這麼回答。

相關

왜 여기있어요？
we*/ yo*.gi.i.sso*.yo
你怎麼在這裡？

왜 이래？
we*/i.re*
為什麼會這樣？ /你怎麼這樣？

왜 전화를 안 받으세요？
we*/ jo*n.hwa.reul/ an/ ba.deu.se.yo
你怎麼不接電話？

會話

A：왜 안 웃어요？
we*/ an/ u.so*.yo
你怎麼不笑？

B：아니요. 그냥…
a.niy.o// geu.nyang...
沒有啦。就那樣……(沒什麼原因)

어떤 음악을 좋아하세요?

o*.do*n/ eu.ma.geul/ jo.a.ha.se.yo

你喜歡哪種音樂?

track 243

說明

想要多了解對方可以問一些對方喜歡的事物,

어떤......좋아하세요?(你喜歡哪一種...呢?)

相關

어떤 운동를 좋아하세요?

o*.do*n/un.dong.reul/jo.a.ha.se.yo

你喜歡什麼運動?

어떤 음식을 드시고싶어요?

o*.do*n/ eum.si.geul/ deu.si.go.si.po*.yo

你想吃哪種食物?

어떤 스타일을 좋아해요?

o*.do*n/ seu.ta.i.reul/ jo.a.he*.yo

你喜歡哪一種款式?

會話

A:어떤 음료수 마실래요?

o*.do*n/ eum.ryo.su/ma.sil.le*.yo

你想喝什麼飲料?

B:꿀물 아니면 우유.

gul.mul/ a.ni.myo*n/ u.yu

蜂蜜水或者牛奶。

어떡해?
o*.do*.ke*
怎麼辦?

track 244

說明

遇到不知道該怎麼辦的情況時，可以用這句表達，可以是只想表達自己不知所措之意，也可以是詢問別人我該怎麼辦之意。

相關

니가 없으면, 나 어떡해?
ni.ga/ o*p.seu.myo*n// na.o*.do*.ke*
沒有你的話，我該怎麼辦?

會話

A：가방이 없어졌어요. 어떡해요?
ga.bang.i/ o*p.so*.jyo*.sso*.yo// o*.do*.ke*.yo
包包不見了。怎麼辦?

B：경찰소에 신고해요.
gyo*ng.chal.so.e/sin.go.he*.yo
向警察局申告。

A：그리고요?
geu.ri.go.yo
然後呢?

B：찾아봐요. 도와줄께요.
cha.ja.bwa.yo//do.wa.jul.ge.yo
找找看。我幫你。

그래요？

geu.re*.yo

是嗎？

track 245

說明

對於別人說的話、提出的意見，再次確認或者表示自己正在考慮中，可以用這句話來表達，그래요？（是嗎？喔？這樣嗎？）的意思。

會話

A：우리 오늘 저녁 같이먹자.
u.ri/ o.neul/ jo*.nyo*k/ ga.chi.mo*k.ja
今天晚上一起吃飯吧。

B：그레요？
geu.re*.yo
是嗎？

A：그래요. 뭘 먹고싶어요？
geu.re*.yo// mwol/ mo*k.go* si.po*.yo
是的。你想吃什麼？

B：스테이크 어때요？
seu.te.i.keu/ o*.de*.yo
牛排如何？

A：와우, 좋아요.
wa.u// jo.a.yo
哇，好啊。

진짜?
jin.jja
真的嗎？

track 246

說明

表示高興、驚奇，想再次確定的時候，可以用這句表達，再次詢問對方，你說的是真的嗎？

相關

정말?
jo*ng.mal
真的嗎？

확실해요?
hawk.sil/ he*.yo
你確定？

농담이겠지. 설마 진심이야?
nong.da.mi.get.ji// so*l.ma/ jin.sim.i.ya
開玩笑的吧？該不會是認真的吧？

거짓말 아니야?
go*.jit.mal/ a.ni.ya
你不是在說謊吧？

장난 아니에요?
jang.nan/ a.ni.e.yo
不是在開玩笑？

기억해요?

gi.o*.ke*.yo

記得嗎?

track 247

說明

詢問對方是否還記得某件事，可以用這句話來詢問。

前面再加上名詞，就是問說你記得那事物嗎?

相關

교수님, 저를 기억해요?

gyo.su.nim// jo*.reul/ gi.o*.ke*.yo

教授，記得我嗎?

미은씨가 어제 했던말이에요, 기억 안나요?

mi.eun.ssi.ga/ o*.je/ he*t.do*n.ma.ri.e.yo// gi.o*k/ an.na.yo

那是美恩昨天說的話，你不記得了嗎?

내 이름을 기억 해요?

ne*/ i.reu.meul/ gi.o*.ke*.yo

你記得我的名字嗎?

우리가 했던 약속을 기억 해요?

u.ri.ga/ he*t.do*n/ yak.so.geul/ gi.o*.ke*.yo

你記得我們做過的約定嗎?

학교 의 큰 나무를 기억해요?

ha.kgyo/ ui/ keun/ na.mu.reul/ gi.o*.ke*.yo

你記得學校的那棵大樹嗎?

생각해봐요.

se*ng.ga.ke*.bwa.yo

想想看。

track 248

說明

생각就是想法。要請對方思考看看、想看看的時候，就可以這樣表達。

相關

엄마를 생각하고 있어요.
o*m.ma.reul/ se*ng.ga.ka.go/ i.so*.yo
我在想媽媽。

생각이 나요?
se*ng.ga.gi/ na.yo
想起來了嗎?

생각이 안 나요.
se*ng.ga.gi/ an/ na.yo
想不起來。

會話

A：무슨 생각하고 있어요?
mu.seun/ se*ng.ga.ka.go/ i.so*.yo
你在想什麼。

B：아무 생각도 안하고 있어요
a.mu/ se*ng.gak.do/ an.ha.go/ i.so*.yo
我沒有在想什麼。

무슨 일이에요?

mu.seun/ i.ri.e.yo

什麼事?

track 249

說明

有人來找你，特別是不認識的人來與你接觸時，想直接了當的問對方有什麼事，可以如此詢問對方。

相關

무슨일 있어요?

nu.seun.il/ ri.so*.yo

有什麼事嗎?

무슨일 때문에 나를 찾니?

mu.seun.il/ de*.mu.ne/ na.reul/ chan.ni

找我什麼事?

얘가 무슨일로 전화를 했지?

ye*.ga/ mu.seun.il.lo/ jo*n.hwa.reul/ he*t.ji

她為什麼打電話來?

會話

A：무슨일 있어요?

mu.seun.il/ ri.so*.yo

有什麼事嗎?

B：나는 경찰이에요.

na.neun/ gyo*ng.cha.ri.e.yo

我是警察。

할 수 있어요?

hal/ su/ i.so*.yo

你會……嗎?

track 250

說明

할 수 있어요是指能不能做這件事。할 줄 알아요是指有沒有能力做這件事，比較有能夠做得好的意味。有時候意思上也有差別，例如식사를 할줄 알아요. 하지만 할수 없어요.雖然會吃飯，但是(這種情況下)無法吃飯。

相關

혼자 할 수 있어요?
hon.ja/ hal/ su/ i.sso*.yo.
你一個人可以做到嗎?

이거 계산할수 있어요?
i.go*/ gye.san.hal.su/ i.sso*.yo
這計算得出來嗎?

會話

A：중국어 할 수 있어요?
jung.gu.go*/ hal/ su/ i.so*.yo
你會說中文嗎?

B：못해요.
mo.te*.yo
不會。

운전 할 줄 알아요

un.jo*n/ hal/ jul/ ra.ra.yo

你會開車嗎？

track 251

說明

할 줄 알아요.是指有沒有能力做這件事，比較有能夠做得好的意味。할 수있어요是指能不能做這件事。有時候意思上也有差別，例如요리 할 줄 알아요. 하지만 지금 할수 없어요我會料理，但是現在(可能因為沒有廚房等原因)不能料理。

相關

캡쳐를 할 줄 알아요？
ke*p.chyo*.reul/ hal/ jul/ ra.ra.yo
你會截圖嗎？

요리 할 줄 알아요.
yo.ri/ hal/ jul/ ra.ra.yo
我會做料理。

會話

A：어떤 수영을 할 줄 알아요？
o*.do*n/ su.yo*ng.eul/ hal/ jul/ a.ra.yo
你會哪些泳式？

B：자유형、배형、평형、접영 .
jay.u.hyo*ng//be*.hyo*ng// pyo*ng.hyo*ng//jo*b.yo*ng
自由式、仰式、蛙式、蝶式。

이해해요？

i.he*.he*.yo

懂嗎？

track 252

說明

詢問對方是否能理解自己說的意思，可以用此問句來詢問。

相關

이해가 돼요？
i.he*.ga/ dwe*.yo
可以理解嗎？

네,이해 했어요.
ne// i.he*/ he*.sso*.yo
可以，理解了。

아니요. 이해가 안돼요.
a.ni.yo// i.he*.ga/ an.dwe*.yo
不可以，我不懂。

會話

A：지금까지 다 이해해요？
ji.geum.ga.ji/ da/ i.he*.he*.yo
目前為止都懂嗎？

B：네,이해해요.
ne// i.he*.he*.yo
是的，懂。

누가 그래요?

nu.ga/ geu.re*.yo

誰說的?

track 253

說明

詢問對方所說的話是根據甚麼，從誰那裏聽見的。有一點不認同時，也會用這句詢問，意思如同「是誰跟你說的」。

會話

A：내일 비가 온다고요.

ne*.il/ bi.ga/ on.da.go.yo

聽說明天會下雨。

B：누가 그래?

nu.ga/ geu.re*

誰說的?

A：일기 예보에서 그랬어요.

il.gi/ ye.bo.e.so*/ geu.re*.so*.yo

氣象預報說的。

會話

C：내일 휴가라면서요?

ne*.il/ hyu.ga.ra.myo*n.so*.yo

聽說明天放假。

D：누가 그래요?

nu.ga/ geu.re*.yo

誰說的?

뭐라구?

mwo.ra.gu

你說什麼?

track 254

說明

再次詢問對方，你剛剛說的是什麼。句子最長的通常是最婉轉有禮貌的。這裡由上而下是最有禮貌排到最沒有禮貌的說法。

相關

다시 한번 말씀하세요.
da.si/ han.bo*n/ mal.sseum.ha.se.yo
請再說一次。

뭐라구요?
mwo.ra.gu.yo
你說什麼?

아까 뭐라고 했어?
a.ga/mwo.ra.go/.he*.sso*.
你剛剛說什麼?

뭐?
mwo
什麼?

무슨 말이야!
mu.seun/ ma.ri.ya
那是什麼話!

지금 뭐하시는 거예요?

ji.geum/ mwo.ha.si.neun/go*.ye.yo

你現在在做什麼？

track 255

說明

句子最長的通常是最婉轉有禮貌的。這裡由上而下是最有婉轉說法排到最親近的說法。

相關

뭐하고 계세요?

mwo.ha.go/gye.se.yo

你正在做什麼？

뭐 하세요?

mwo/ ha.se.yo

你在做什麼？

뭐해요?

mwo.he*.yo

在做什麼？

뭐하니?

mwo.ha.ni

做什麼？

뭐해?

mwo.he*

做啥？

표정이 왜 그래요?

pyo.jo*ng.i/ we*/ geu.re*.yo

你的表情怎麼了?

track 256

說明

看到對方表情怪怪的，是不是難過、身體不舒服或者人家對你使眼色，想要假裝看不懂，都可以這麼說。

相關

얼굴이 왜그래?
o*l.gu.ri/ we*.geu.re*
你的臉怎麼那樣?

왜 웃어? 웃겨요?
we*/ u.so*// ut.gyo*.yo
為什麼笑?很好笑嗎?

안 웃겨요?
an/ ut.gyo*.yo
不好笑嗎?

울어?
u.ro*
你哭啦?

울지마요.
ul.ji.ma.yo
不要哭嘛。

추워요?

chu.wo.yo

會冷嗎？

track 257

說明

天氣涼，或者吹冷氣時，看到對方打顫或者縮緊身體穿上外套等動作，都可以猜測對方覺得冷，想要加以關心的話就可以這麼問。

相關

추워?
chu.wo
冷嗎？

춥냐?
chum.nya
冷嗎？

춥다.
chup.da
很冷。

會話

A：추워요?
chu.wo.yo
會冷嗎？

B：네, 추워요.
ne// chu.wo.yo
會，我好冷。

어때요?
o*.de*.yo.
如何？

track 258

說明

想詢問對方的意見，問對方覺得如何，好不好的意思。

相關

우리 프랑스를 여행하는게 어때요?
u.ri/ peu.rang.seu.reul/ yo*.he*ng.ha.neun.ge/ o*.de*.yo
我們去法國旅行如何？

내년 봄에 한국 놀러가는거 어때요?
ne*.nyo*n/ bo.me/ han.guk/ nol.lo*.ga.neun.go*/ o*.de*.yo
明年春天我們去韓國玩，好不好？

이 헤어 스타일 어때요?
i/ he.o*/ seu.ta.il/ o*.de*.yo
這個髮型如何？

會話

A：어때요? 마음에 드세요?
o*.de*.yo//ma.eu.me/ deu.se.yo
如何？滿意嗎？

B：화려해요. 아주 좋습니다.
hwa.ryo*.he*.yo// a.ju/ jo.sseum.ni.da
好華麗。很棒。

괜찮지？

gwe*n.chan.chi

不錯吧？

track 259

說明

希望對方附和自己所說的，意思是還不錯吧？你覺得呢？可以接受嗎？

相關

이 방은 괜찮지？
i/ bang.eun/ gwe*n.chan.chi
這個房間不錯吧？

會話

A：이 차는 괜찮지？
i/ cha.neun/ gwe*n.chan.chi
這車子不錯吧？

B：아, 멋있다！
a//mo*.sit.da
啊，很帥呢！

會話

A：이 식당은 괜찮지？
i/ sik.dang.eun/ gwe*n.chan.chi
這家餐廳不錯吧？

B：괜찮죠. 예쁘네.
gwe*n.chan.chyo// ye.beu.ne
不錯啊。很漂亮耶。

어떻게 알았어요?
o*.do*.ke/a.ra.so*.yo
你怎麼知道的？

track 260

說明

當對方說中了自己的內心，或者原本以為對方不知道的事情，結果對方說了出來，就會問說「你怎麼知道的」？

相關

어떻게 아셨어요?
o*.do*.ke/ a.syo*.so*.yo
你怎麼知道了？

어떻게 알아요?
o*.do*.ke/ a.ra.yo
你怎麼知道？

이미 알고 있었어요?
i.mi/ al.go/ i.so*.so*.yo
你已經知道了？

會話

A：어떻게 알았어요?
o*do*k/ a.ra.so*.yo
你怎麼知道的？

B：누군가 나한테 얘기했어요.
nu.gun.ga/ na.han.te*/ ye*.gi.he*.so*.yo
有人跟我說了。.

무슨일 있어요?

mu.seun.il/ ri.so*.yo

發生什麼事了？

track 261

説明

大家圍繞著在看什麼、議論紛紛、有人來訪、人的狀況氣氛跟平時不一樣情況中，查覺到而想問說發生什麼事了，就會如此詢問。

相關

무슨일 이에요?
mu.seun.il/ ri.e.yo
什麼事？

왜요?
we*.yo
怎麼了？

왠일이에요?
we*.ni.ri.e.yo
有什麼事嗎？

會話

A：무슨일 있어요?
mu.seun.il/ ri.so*.yo
有什麼事嗎？

B：불 났다！/불이 났어요！
bul/nat.da//bu.ri/na.so*.yo
失火了！

마음에 드세요?

ma.eu.me/ deu.se.yo

滿意嗎？

track 262

說明

有符合你的心意嗎？美髮師幫人做好造型、房屋仲介帶人去看屋、送別人禮物等情況，詢問這是否令對方滿意的情況。

相關

마음에 들어요?
ma.eu.me/ deu.ro*.yo
滿意嗎？

좋아요?
jo.a.yo
好嗎？

會話

A：마음에 드세요?
ma.eu.me/ deu.se.yo
滿意嗎？

B：예, 마음에 들어요.
ye// ma.eu.me/ deu.ro*.yo
是，很滿意。

왜 그래요?

we*/ geu.re*.yo

你怎麼了?

track 263

說明

當對方表現異常，或者找你麻煩，依照說的口氣不同，可以是詢問對方怎麼了、還好嗎，或者是責怪對方怎麼會那樣。

相關

괜찮아요?
gwe*n.cha.na.yo
還好嗎?

어디 아파요?
o*.di/ a.pa.yo
哪裡不舒服嗎?

무슨 일 생겼어요?
mu.seun/ il/ se*ng.gyo*.sso*.yo
發生什麼事了?

會話

A：왜이래요?
we*.i.le*.yo
怎麼這樣?

B：난 괜찮아요. 그냥 머리가 좀 아파요.
nan/ gwe*n.cha.na.yo//geu.nyang/ mo.*ri.ga/jom/a.pa.yo
我沒事。只是頭有點痛。

뭘 도와 드릴까요?

mwol/ do.wa/ deu.ril.ga.yo

需要幫忙嗎？

track 264

說明

店員常用這句來詢問顧客是否需要幫忙。平常看到別人在忙，自己也想幫他的時候也會這麼詢問。

相關

도와드릴까요?

do.wa.deu.ril.ga.yo

要幫您嗎？

會話

A：제가 안내해 드릴까요?

je.ga/ an.ne*.he*/ deu.ril.ga.yo

需要為您導覽嗎？

B：아니요.괜찮아요.

a.ni.yo// gwe*n.cha.na.yo

不用，沒關係。

會話

C：뭘 도와 드릴까요?

mwol/ do.wa/ deu.ril.ga.yo

需要幫忙嗎？

D：그럼, 테이블 좀 닦아주세요.

geu.ro*m// te.i.beul/ jom/ da.ga.ju.se.yo

不然請你幫忙擦桌子好了。

바빠요？

ba.ba.yo

你在忙嗎？

track 265

說明

通常會這樣問，是有事情找對方，需要跟對方說一下話或者占用一點時間，直接說怕剛好對方在忙無法即時理會反應，可以先問說바빠요？你在忙嗎？

相關

시간있어요？

si.gan.i.so*.yo

你有空嗎？

지금 통화 괜찮아요？

ji.geum/ tong.hwa/gwe*n.cha.na.yo

你現在可以講電話嗎？

會話

A：지금 바빠요？

ji.geum/ ba.ba.yo

現在很忙嗎？

B：왜요？

we*.yo

怎麼了？

A：좀 도와주세요.

jom/ do.wa.ju.se.yo

請幫我一下。

바빠요.

ba.ba.yo

我在忙。

track 266

説明

我在忙，我很忙，直接只說這麼一句話似乎有點無情，所以前後可以說明原因或者何時有空。

相關

지금 좀 바빠요.
ji.geum/ jom/ ba.ba.yo
現在有點忙。

회의중이니까, 이따가전화할게.
hwe.ui.jung/i.ni.ga// i.da.ga/jo*n.hwa.hal.ge
我現在在開會，等一下打給你。

나중에 얘기하자.
na.jung.e/ ye*.gi.ha.ja
我們之後再說。

지금은 통화가 곤란해요.
ji.geu.meun/ tong.hwa.ga/ gol.lan.he*.yo
現在有點不方便講電話。

십분후에 다시 전화해주실 수 있나요?
sip.bun.hu.e/ da.si/ jo*n.hwa.he*.ju.sil/ su/ in.na.yo
你可以十分鐘後再打給我嗎？

무슨 뜻이에요 ?

mu.seun/ deu.si.e.yo

什麼意思？

track 267

說明

和中文一樣무슨 뜻이에요？(什麼意思？)聽不懂對方的用意時，驚訝於對方說的話時也會用這句。

相關

어떤 뜻이에요？
o*.do*n/ deu.si.e.yo
什麼意思？

설명 해주세요.
so*l.myo*ng/ he*.ju.se.yo
請說明。

이렇게 하면 안된다는 뜻이에요？
i.ro*.ke/ha.myo*n/an.dwen.da.neun/deu.si.e.yo
這樣子做不行的意思嗎？

어떤것요？
o*.do*n.go*t.yo
什麼？

저는 외국인 이니까, 간단한 말로 해주실 수 있나요？
jo*.neun/ we.gu.gin/ i.ni.ga// gan.dan.han/ mal.lo/ he*.ju.sil/ su/ in.na.yo
我是外國人，請問可以用簡單的話講嗎？

어디가요？

o*.di.ga.yo

你要去哪裡？

track 268

説明

詢問正要離去的對方要去哪裡，有時也有希望對方不要走的意味。

相關

어디가？

o*.di.ga

去哪？

會話

A：지금 우리 어디로 가요？

ji.geum/ u.ri/ o*.di.ro/ ga.yo

我們現在是要去哪裡？

B：먼저 은행으로 갑시다.

mo*n.jo*/ eun.he*ng.eu.ro/ gap.si.da

先去銀行吧。

會話

C：어디가요？

o*.di.ga.yo

你要去哪裡？

D：화장실. 좀 기다려.

hwa.jang.sil// jom/ gi.da.ryo*

化妝室。等我一下。

어디 있을까요？

o*.di/ i.seul.ga.yo

在哪裡呢？

track 269

說明

這句意思是在問別人某個東西在哪裡。有時韓國人在找東西時也會自言自語地說這句，而且까這個字還會提高聲調。

相關

내 차표 어디있을까요？
ne*/ cha.pyo/ o*.di.i.sseul.ga.yo
我的車票在哪裡呢？

영화관 어디있을까요？
yo*ng.hwa.gwan/ o*.di.i.sseul.ga.yo
電影院在哪裡呢？

출구는 어디있을까요？
chul.gu.neun/ o*.di.i.sseul.ga.yo
出口在哪裡呢？

핸드폰 고리는 어디서 사나요？
he*n.deu.pon/ go.ri.neun/ o*.di.so*/ sa.na.yo
哪裡買得到手機吊飾呢？

사대 야시장이 어디있을까요？
sa.de*/ ya.si.jang.i/ o*.di.i.seul.ga.yo
師大夜市在哪裡呢？

KOREAN
最道地生活韓語

KOREAN

第九篇

常用句型

……고 싶어요

go/ si.po*.yo

想要……

track 270

相關

스파게티 먹고 싶어요.
seu.pa.ge.ti/ mo*k.go/si.po*.yo
我想吃義大利麵。

여행가고 싶어요.
yo*.he*ng.ga.go/ si.po*.yo
我想去旅行。

노래를 하고 싶어요.
no.re*.reul/ ha.go/si.po*.yo
我想唱歌。

한국에 가고 싶어요.
han.gu.ge/ ga.go/ si.po*.yo
我想去韓國。

너를 만나고 싶어요.
no*.reul/ man.na.go/si.po*.yo
我想見你。

……(하)고 싶어요.

(ha) go/si.po* .yo

我想要……(做什麼)

track 271

例句

운동하고 싶어요.
un.dong.ha.go/si.po*.yo
我想要運動。

콘서트 보고 싶어요
kon.so*.teu/bo.go/si.po*.yo
我想看演唱會。

음료수 말고, 물을 마시고 싶어요.
eum.ryo.su/mal.go//mu.reul/ma.si.go/si.po*.yo
不要飲料，我想喝水。

너랑 화해하고 싶어.
no*.rang/hwa.he*.ha.go/si.po*
我想跟你和好。

졸려요. 집에 가고 싶어요.
jol.lyo*.yo//ji.be.ga/go.si/po*.yo
好睏。我想回家。

화장실 가고 싶어요.
hwa.jang.sil/ga.go/si.po*.yo
我想去洗手間。

……(하)고있다.

……(ha) go.it.da

我正在……(做什麼)

track 272

例句

연설을 듣고있어요.
yo*n.so*.reul/deut.go.i.sso*.yo
我正在聽演講。

지금 밥 먹고있다.
ji.geum/bap/mo*k.go.it.da
我現在在吃飯。

청소하고 있어요.
cho*ng.so.ha.go/i.sso*.yo
我正在打掃。

얼굴에 팩을 바르고 있다.
o*l.gu.re/pe*.geul/ba.reu.go/it.da
我在敷面膜。

목욕하고 있었어요.
mo.gyo.ka.go/i.sso*.sso*.yo
我剛剛在洗澡。

요리하고 있어요.
yo.ri.ha.go.i.sso*.yo
我正在煮東西。

……지 마세요

ji/ma.se.yo

請不要……

track 273

例句

이러지 마세요.

i.ro*.ji. ma.se.yo

不要這樣嘛。

다른사람에게 말하지 마세요.

da.reun.sa.ram.e.ge/ mal.ha.ji/ma.se.yo

不要跟別人說。

잊지 마세요.

it.ji/ ma.se.yo

不要忘了。

나를 떠나지 마세요.

na.reul/ do*.na.ji/ ma.se.yo

不要離開我。

내 손을 놓지 마요.

ne*/ so.neul /no.chi/ma.yo

不要放開我的手。

……야 돼요.

ya/dwe*.yo

必須要……應該要……

track 274

例句

가져 가야 돼요.
ga.jyo*/ga.ya/dwe*.yo
要帶去才行。

난 출근해야돼.
nan/chul.geun.he*.ya.dwe*
我得去上班了。

감사 해야돼요.
gam.sa.he*.ya.dwe*.yo
要感謝才對。

조심해야 돼요.
jo.sim.he*.ya dwe*.yo
要小心啊。

더 빠르게 가야돼요.
do*.ba.reu.ge/ga.ya.dwe*.yo
要走快一點才行了。

오늘 이 보고서를 끝내야 돼요.
o.neul/i/bo.go.so*.reul/geut.ne*.ya/dwe*.yo
今天要把報告做完才行。

……지도 몰라

ji.do/mol.la

說不定……

track 275

例句

내게 돌아올 지도 몰라.

ne*.ge/do.ra.ol/ji.do/mol.la

說不定會回來我身邊。

아직도 너를 사랑하는 지도 몰라.

a.jik.do/no*.reul/sa.rang.ha.neun/ji.do/mol.la

說不定還是愛著你。

이미 결혼을 한 지도 몰라.

i.mi/gyo*l.hon.eul/han.ji.do/mol.la

說不定已經結婚了。

그냥 너를 이용하는 지도 몰라.

geu.nyang/no*.reul/i.yong.ha.neun.ji.do/mol.la

說不定只是在利用你。

너를 바라볼 지도 몰라.

no*.reul/ba.ra.bol/ji.do/mol.la

說不定他在看你。

나는 …을(를) 좋아해요.

na.neun/eul(reul)/jo.a.he.yo

我喜歡…

track 276

例句

나는 꽃향기를 좋아해요.
na.neun/go.tyang.gi.reul/jo.a.he.yo
我喜歡花香。

나는 핑크색을 좋아해요.
na.neun/ping.keu.se*.geul/jo.a.he.yo
我喜歡粉紅色。

나는 스테이크를 좋아해요.
na.neun/seu.te.i.keu.reul/jo.a.he.yo
我喜歡牛排。

나는 바다를 좋아해요.
na.neun/ba.da.reul/jo.a.he.yo
我喜歡大海。

나는 노래하는 것을 좋아해요.
na.neun/no.re*.ha.neun/go*.seul/jo.a.he.yo
我喜歡唱歌。

나는 요리를 좋아해요.
na.neun/yo.ri.reul/jo.a.he.yo
我喜歡料理。

보여주세요.

bo.yo*.ju.se.yo

請給我看。

track 277

例句

성적표를 보여주세요.
so*ng.jo*k.pyo.reul/bo.yo*.ju.se.yo
請給我看成績單。

여권을 보여주세요.
yo*.gwo.neul/bo.yo*.ju.se.yo
請給我看護照。

표를 보여주세요.
pyo.reul/bo.yo*.ju.se.yo
請給我看你的票。

면허증 보여주세요.
myo*n.ho*.jeung/bo.yo*.ju.se.yo
請給我看駕照。

메뉴를 보여주세요.
me.nyu.reul/ bo.yo*.ju.se.yo
請給我看菜單。

신분증 보여주세요.
sin.bun.jeung/ bo.yo*.ju.se.yo
請給我看身分證。

……세요.

se.yo

請……

track 278

例句

앉으세요.
an.jeu.se.yo
請坐。

말씀 하세요.
mal.sseum.ha.se.yo
請說。

받아 주세요.
ba.da/ju.se.yo
請接受。

사 주세요.
sa.ju.se.yo
請買給我。

응원 해주세요.
eung.won/ he*.ju.se.yo
請為我加油。

……이에요.

i.e.yo

是……

track 279

例句

이것은 책이에요.
i.go*.seun/ che*.gi.e.yo
這是書。

그것은 전화예요.
geu.go*.seun/ jo*n.hwa.ye.yo
那是電話。

저는 여자에요.
jo*.neun/ yo*.ja.ye.yo
我是女生。

이것은 내것이에요.
i.go*.seun/ ne*.go*.si.e.yo
這是我的。

내 가방은 보라색이에요.
ne*/ ga.bang.eun/ bo.ra.se*.gi.e.yo
我的包包是紫色的。

이것은 선물이에요.
i.go*.seun/ so*n.mu.ri.e.yo
這是禮物。

……(하)라
(ha) la
……吧！(祈使句)

track 280

例句

용서하라！
yong.so*.ha.ra
原諒吧！

사랑하라！
sa.rang.ha.ra
去愛吧！

노력하라！
no.ryo*.ka.ra
努力吧！

내 말을 들어라！
ne*/ ma.reul/ deu.ro*.ra
聽我的話吧！

기대하라！
gi.de*.ha.ra
敬請期待吧！

일하라！
il.ha.ra
做事吧！

……(하)자！

(ha) ja

我們一起……吧！

track 281

例句

노래 하자！

no.re*.ha.ja

我們唱歌吧！

좀 쉬자！

jom/swi.ja

我們休息一下吧！

밥 먹자！

bap/ mo*k.ja

我們吃飯吧！

축구하러 가자！

chuk.gu.ha.ro*/ ga.ja

我們去踢足球吧！

가자！

ga.ja

走吧！

우리 한국어로 얘기하자！

u.ri/ han.gu.go*.ro/ye*.gi ha.ja

我們用韓語對話吧！

……(하)려구요.

(ha) ryo*.gu.yo

打算……

track 282

例句

유학을 가려구요.
yu.ha.geul/ ga.ryo*.gu.yo
我打算去留學。

내일 춘천에 가려구요.
ne*il/ chun.cho*.ne/ ga.ryo*.gu.yo
我打算明天去春川。

음식을 만들려구요.
eum.si.geul/ man.deul.lyo*.gu.yo
我要來煮飯了。

된장찌개 만들려구요.
dwen.jang.jji.ge*/ man.deul.ryo*.gu.yo
我要煮味增鍋。

그를 초대 하려구요.
geu.reul/ cho.de*/ ha.ryo*.gu.yo
我想邀請他。

저희 언니는 내년에 결혼을 하려합니다.
jo*.hui/ o*n.ni.neun/ ne*.nyo*n.e/ gyo*l.ho.neul/ ha.ryo*.ham.ni.da
我姐姐打算明年要結婚。

KOREAN

第十篇

補充單字

유행어
yu.he*ng.o*
流行語

track 283

꽃미남
gon.mi.nam
花美男（比花更美的美男子）

얼짱
o*l.jjang
臉蛋讚（臉蛋很漂亮）

몸짱
mom.jjang
身體讚（身材很棒）

꿀벅지
gul.bo*k.ji
蜜腿（豐潤如蜜般吸引人的大腿）

민낯/생얼
min.nat/se*ng.o*l
素顏（沒有化妝的臉）

훈남
hun.nam
温男（使人內心感到温暖的男子）

색깔
se*k.gal
顏色

track 284

빨간색
bal.gan.se*k
紅

오랜지색
o.re*n.ji.se*k
橙

노란색
no.ran.se*k
黃

녹색/초록색
nok.se*k//cho.rok.se*k
綠

파란색
pa.ran.se*k
藍

청색
cho*ng.se*k
靛

보라색
bo.ra.se*k
紫

하얀색
ha.yan.se*k
白

핑크색
ping.keu.se*k
粉紅

검은색
ko*.meun.se*k
黑

모양
mo.yang
形狀

track 285

원형
won.hyo*ng
圓形

타원형
ta.won.hyo*ng
橢圓形

사각형
sa.gak.hyo*ng
正方形

직사각형
jik.sa.gak.hyo*ng
長方形

삼각형
sam.gak.hyo*ng
三角形

능형
neung.hyo*ng
菱形

평행사변형
pyo*ng.he*ng.sa.byo*n.hyo*ng
平行四邊形

하트
ha.teu
心型

다이아몬드형
da.i.a.mon.deu.hyo*ng
鑽石型

원추
won.chu
圓錐

원기둥
won.gi.dung
圓柱

숫자
sut.ja
數字

track 286

영/공
yo*ng/gong
0

일/하나
il/hana
1

이/둘
i/dul
2

삼/셋
sam/set
3

사/넷
sa/net
4

오/다섯
o/da.so*t
5

육/여섯
yuk/yo*.so*t
6

칠/일곱
chil/il.gop
7

팔/여덟
pal/yo*.do*l
8

구/아홉
gu/a.hop
9

십/열
sip/yo*l
10

십일/열하나
si.bil/yo*l.hana
11

십이/열둘
si.bi/yo*l.dul
12

십삼/열셋
sip.san/yo*l.set
13

십사/열넷
sip.sa/yo*l.let
14

십오/열다섯
sib.o/yo*l.da.so*t
15

십육/열여섯
sib.yuk/yo*.ryo*.so*t
16

십칠/열일곱
sip.chil/yo*.ril.gop
17

십팔/열여덟
sip.pal/yo*.ryo*.do*l
18

십구/열아홉
sip.gu/yo*.ra.hop
19

이십/스물
i.sip/seu.mul
20

삼십/서른
sam.sip/so*.reun
30

사십/마흔
sa.sip/ma.heun
40

오십/쉰
o.sip/swin
50

육십/예순
yuk.sip/ye.sun
60

칠십/일흔
chil.sip/il.heun
70

팔십/여든
pal.sip/yo*.deun
80

구십/아흔
gu.sip/a.heun
90

백
be*k
百

천
cho*n
千

만
man
萬

십만
sim.man
十萬

백만
be*ng.man
百萬

천만
cho*n.man
千萬

억
o*k
億

조
jo
兆

얼마예요?
o*l.ma.ye.yo
多少錢?

track 287

만원 이에요.
man.wo.ni.e.yo
一萬元。

이만원 이에요.
i.man.won/i.e.yo
兩萬元。

삼만원 입이다.
sam.man.won/ im.ni.da
三萬元。

천원 이에요.
cho*n.won/ i.e.yo
一千元。

이천원 이에요.
i.cho*n.won/ i.e.yo
兩千元。

오천원요.
o.cho*n.won.nyo
五千元。

전화번호

jo*n.hwa.bo*n.ho

電話號碼

track 288

공구팔이 삼사오 육칠팔
gong.gu.pal.i/sam.sa.o/yuk.chil.pal
0982 345 678

공구칠칠 이오오 팔구팔
gong.gu.chil.chil/ i.o.o/ pal.gu.pal
0977 255 898

국가번호팔팔육구삼칠일이공공구칠
guk.ga.bo*n.ho/pal.pal.yuk/gu.sam.chil/il.i.gong.gong /gu.chil
+886 937 1200 97

국가번호팔팔육이이오육육팔팔팔팔
guk.ga.bo*n.ho/pal.pal.yuk/i.i.o.yuk.yuk/pal.pal.pal.pal
+886 22566 8888

공일공삼일칠오육구공일
gong.il.gong/sam.il.chil.o/yuk.gu.gong.il
010 3175 6901

국가번호팔이일공삼일칠오육구공일
guk.ga.bo*n.ho/pal.i/il.gong.sam/il.chil.o/yuk.gu.gong.il
+82 103 175 6901

몇시예요?

myo*t.si.ye.yo

幾點?

track 289

지금열두시반이에요.
ji.geum/ yo*l.du.si/ ba.ni.e.yo
現在是十二點半。

지금 오후 다섯시 오십오분이에요.
ji.geum/ o.hu/ da.so*t.si/ o.si.bo.bu.ni.e.yo
現在是下午五點五十五分。

내일 밤 일곱시로 약속해요.
ne*.il/ bam/ il.gop.si.ro/ yak.so.ke*.yo
我們約好明天晚上七點喔。

여덟시 사십이분의 이메일입니다.
yo*.do*l. si/ sa.sip.i.bun.ui/ i.mei.rim.ni.da
是8點42分的email。

지금 열시 이십분이에요.
ji.geum/ yo*l.si/ i.sip.bun.i.e.yo
現在是十點二十分。

오늘 무슨 요일이에요?

o.neul/ mu.seun/ yo.i.ri.ye.yo

今天星期幾？

track 290

월요일
wo.ryo.il
星期一

화요일
hwa.yo.il
星期二

수요일
su.yo.il
星期三

목요일
mo.gyo.il
星期四

금요일
geu.myo.il
星期五

토요일
to.yo.il
星期六

일요일
i.ryo.il
星期日

월
wol
月份

track 291

일월
i.rwol
一月

이월
i.wol
二月

삼월
sam.wol
三月

사월
sa.wol
四月

오월
o.wol
五月

육월
yu.gwol
六月

칠월
chi.rwol
七月

팔월
pa.rwol
八月

구월
gu.wol
九月

시월
si.wol
十月

십일월
si.bi.rwol
十一月

십이월
si.bi.wol
十二月

날짜
nal.jja
日期

track 292

오늘 몇월 몇일이에요?
o.neul/ myo*t.wol/ myo*.chi.ri.e.yo
今天是幾月幾號?

오늘은 삼월 이십일이에요.
o.neu.reun/sam.wol/i.sib.il.ri.e.yo
今天是3月20日。

내 생일은 팔월 십사일 이에요.
ne*/ se*ng.i.reun/ pa.rwol/ sip.sa.il/ ri.e.yo
我的生日是8月14日。

다음주 토요일은 시월 칠일 이에요.
da.eum.ju/ to.yo.i.reun/ si.wol/ chi.ril/ ri.e.yo
下星期六是10月7日。

우리 매달 오일이 월급날이에요.
u.ri/ me*.dal/o.i.ri/wol.geum.na.ri.e.yo
我們每個月5日發薪水。

이번 설날은 이월 십육일이에요.
i.bo*n/ so*l.la.reun/ i.wol/ si.byu.gi.ri.e.yo
這次農曆新年是2月16日。

팔월말에출장갈예정이에요
pa.rwol.ma.re/chul.jang/ gal/ ye.jo*ng.i.e.yo
預計是八月底要出差。

년

nyo*n

年

track 293

저는 천구백구십년생이에요.
jo*.neun/ cho*n.gu.be*k.gu.sim.nyo*n.se*ng.i.e.yo
我是1990年生的。

저는 천구백팔십오년생이에요.
jo*.neun/ cho*n.gu.be*k.pal.sib.o.nyo*n.se*ng.i.e.yo
我是1985年生的。

그분은 칠십삼년생이에요.
geu.bu.neun/ chil.sip.sam.nyo*n.se*ng.i.e.yo
那位是73年生的。(指西元1973)

내 아이는 이천년 출생이에요.
ne*/ a.i.neun/ i.cho*n.nyo*n/ chul.se*ng.i.e.yo
我的孩子是2000年出生的。

그는 이천십이년에 결혼했어요.
geu.neun/ i.cho*n.si.bi.nyo*n.e/ gyo*l.hon.he*.so*.yo
他2012年的時候結婚了。

그건 기원전 400년전의 일입니다.
geu.go*n/ gi.won.jo*n/ sa.be*k.nyo*n.jo*n.ui/ i.rim.ni.da
那是西元前400年的事。

나이
na.i
年紀

track 294

저는 스물한살이에요.
jo*.neun/ seu.mul.han.sa.ri.e.yo
我21歲。

저는 열 여덟살이에요.
jo*.neun/ yo*l.yo*.do*l.sa.ri.e.yo
我18歲。

아버지는 쉰일곱 살이에요.
a.bo*.ji.neun/ swin.il.gop/ sa.ri.e.yo
爸爸57歲。

선생님은 마흔 살같아요.
so*n.se*ng.ni.meun/ ma.heun/ sal.ga.ta.yo
老師看起來像40歲。

그는 스물다섯 살때 사장가 되었어요.
geu.neun/ seu.mul.da.so*t/ sal.de*/ sa.jang.ga/ dwe.o*.sso*.yo
他25歲時當老闆。

해영씨는 일곱살때 미국으로 갔어요.
he*.yo*ng.ssi.neun/ il.gop.sal.de*/ mi.gu.geu.ro/ ga.so*.yo
海英7歲時就去了美國。

음식
mi.sik
美食

track 295

매운정도 참고
me*.un.jo*ng.do/ cham.go
辣度參考

매워요
me*.wo.yo
最辣★★★★★

안 매워요
an.me*.wo.yo
不辣☆☆☆☆☆

삼계탕
sam.gye.tang
人參雞☆☆☆☆☆

불고기
bul.go.gi
韓式烤肉★★☆☆☆

닭갈비
dak.gal.bi
炒雞肉★★★☆☆

낙지볶음
nak.ji/ bo.geum
辣炒章魚★★★★☆

부대찌개
bu.de*.jji.ge*
部隊鍋★★★★☆

김치찌개
gim.chi.jji.ge*
泡菜鍋★★★★★

된장찌개
dwen.jang.jji.ge*
味增鍋★☆☆☆☆

순두부 찌개
sun.du.bu.jji.ge*
嫩豆腐鍋★★★★★

해물탕
he*.mul.tang
海鮮湯★★★★☆

갈비탕
kal.bi.tang
排骨湯★☆☆☆☆

설렁탕
so*l.lo*ng.tang
雪濃湯/牛骨湯☆☆☆☆☆

김치
gim.chi
泡菜★★★★★

전/부침개
jo*n /bu.chim.ge*
煎餅★☆☆☆☆

회
hwe
生魚片☆☆☆☆☆

돌솥 비빔밥
dol.sot/ bi.bim.bap
石鍋拌飯★★☆☆☆

짬뽕
jjam.bong
炒馬麵★★★★☆

물냉면
mul.ne*ng.myo*n
水冷麵☆☆☆☆☆

김치 볶음밥
gim.chi/ bo.geum.ba
泡菜炒飯★★★☆☆

반찬
ban.chan
小菜★★☆☆☆

떡국
do*k.guk
年糕湯☆☆☆☆☆

김밥
gim.bap
飯捲/壽司☆☆☆☆☆

라면
ra.myo*n
泡麵★★★★★

중화요리
jung.hwa.yo.ri
中華料理☆☆☆☆☆

만두
man.du
水餃☆☆☆☆☆

야끼만두/군만두
ya.gi/ man.du //gun.man.du
煎餃☆☆☆☆☆

수제비
su.je.bi
麵疙瘩☆☆☆☆☆

국수/면
guksu //myo*n
麵☆☆☆☆☆

자장면
ja.jang.myo*n
炸醬麵☆☆☆☆☆

일본 요리
il.bon/ yo.ri
日本料理☆☆☆☆☆

돈까스
don.ga.seu
豬排☆☆☆☆☆

덮밥
do*p.bab
蓋飯☆☆☆☆☆

오므라이스
o.meu.ra.i.seu
蛋包飯☆☆☆☆☆

우동
u.dong
烏龍麵☆☆☆☆☆

떡볶이
do*k.bo.gi
辣炒年糕★★★★★

조림
jo.rim
滷味★★★☆☆

오징어 튀김
o.jing.o*.twi.gim
炸魷魚★☆☆☆☆

음료
eum.ryo
飲料

track 296

차
cha
茶

홍차
hong.cha
紅茶

녹차
nok.cha
綠茶

밀크티
mil.keu.ti
奶茶

버블티
bo*.beul.ti
珍珠奶茶

국화차
kuk.hwa.cha
菊花茶

로즈티
jang.mi.cha
玫瑰花茶

커피
ko*.pi
咖啡

캬라멜 마끼아또
kya.ra.mel/ ma.gi.a.do
焦糖瑪奇朵

아메리카노
a.me.ri.ka.no
美式咖啡

카페라떼
ka.pe.la.de
咖啡拿鐵

카푸치노
ka.pu.chi.no
卡布奇諾

에스프레소
e.seu.peu.re.so
義式濃縮

우유
u.yu
牛奶

핫쵸코
hat.chyo.ko
熱巧克力

두유
du.yu
豆奶

인삼차
in.sam.cha
人參茶

꿀물
gul.mul
蜂蜜水

주스
ju.seu
果汁

레몬 주스
le.mon.ju.seu
檸檬汁

애플 주스
e.peul.ju.seu
蘋果汁

오렌지 주스
o.ren.ji.ju.seu
柳橙汁

포도 주스
po.do.ju.seu
葡萄汁

별자리

byo*l.ja.ri

星座

track 297

양자리

yang.ja.ri

牡羊座

황소자리

hwang.so.ja.ri

金牛座

쌍둥이자리

ssang.dung.i.ja.ri

雙子座

게자리

ge.ja.ri

巨蟹座

사자자리

sa.ja.ja.ri

獅子座

처녀자리

cho*.nyo*.ja.ri

處女座

천칭자리

cho*n.ching.ja.ri

天秤座

전갈자리
jo*n.gal.ja.ri
天蠍座

사수자리
sa.su.ja.ri
射手座

염소자리
yo*m.so.ja.ri
摩羯座

물병자리
mul.byo*ng.ja.ri
水瓶座

물고기자리
mul.go.gi.ja.ri
雙魚座

띠
di
生肖

track 298

쥐
jwi
鼠

소
so
牛

호랑이
ho.rang.i
虎

토끼
to.gi
兔

용
yong
龍

뱀
be*m
蛇

말
mal
馬

양
yang
羊

원숭이
won.sung.i
猴

닭
dak
雞

개
ge*
狗

돼지
dwe.*ji
豬

國家圖書館出版品預行編目資料

KOREAN最道地生活韓語 / 王愛實著.
-- 初版. -- 新北市 : 雅典文化, 民102.07
面 ; 公分. -- (全民學韓語 ; 15)
ISBN 978-986-6282-89-8(平裝附光碟片)
1.韓語 2.讀本
803.28 102009383

全民學韓語系列 15

KOREAN最道地生活韓語

著／王愛實
責編／王薇婷
美術編輯／翁敏貴
封面設計／劉逸芹

法律顧問：方圓法律事務所／涂成樞律師

總經銷：永續圖書有限公司
永續圖書線上購物網
www.foreverbooks.com.tw

CVS代理／美璟文化有限公司
TEL：(02)2723-9968
FAX：(02)2723-9668

出版日／2013年07月

雅典文化

出版社
22103 新北市汐止區大同路三段194號9樓之1
TEL (02)8647-3663
FAX (02)8647-3660

KOREAN最道地生活韓語

雅致風靡　典藏文化

親愛的顧客您好，感謝您購買這本書。即日起，填寫讀者回函卡寄回至本公司，我們每月將抽出一百名回函讀者，寄出精美禮物並享有生日當月購書優惠！想知道更多更即時的消息，歡迎加入“永續圖書粉絲團”您也可以選擇傳真、掃描或用本公司準備的免郵回函寄回，謝謝。

傳真電話：（02）8647-3660　　電子信箱：yungjiuh@ms45.hinet.net

姓名：　　性別：□男　□女

出生日期：　年　月　日　電話：

學歷：　　職業：

E-mail：

地址：□□□

從何處購買此書：　　購買金額：　元

購買本書動機：□封面 □書名 □排版 □內容 □作者 □偶然衝動

你對本書的意見：

內容：□滿意□尚可□待改進　編輯：□滿意□尚可□待改進

封面：□滿意□尚可□待改進　定價：□滿意□尚可□待改進

其他建議：

剪下後傳真、掃描或寄回至「22103新北市汐止區大同路3段194號9樓之1雅典文化收」

您可以使用以下方式將回函寄回。
您的回覆，是我們進步的最大動力，謝謝。

① 使用本公司準備的免郵回函寄回。
② 傳真電話：（02）8647-3660
③ 掃描圖檔寄到電子信箱：
yungjiuh@ms45.hinet.net

沿此線對折後寄回，謝謝。

廣告回信
基隆郵局登記證
基隆廣字第056號

221-03
雅典文化事業有限公司　收
新北市汐止區大同路三段194號9樓之1

雅致風靡　典藏文化